BIBLIOTECA
MARIO VARGAS LLOSA

MARIO VARGAS LLOSA

Carta de batalla por *Tirant lo Blanc*

ALFAGUARA

CARTA DE BATALLA POR TIRANT LO BLANC

© 1993, Mario Vargas Llosa
© 2008, Santillana Ediciones Generales, S. L.
© De esta edición:
  2008, Santillana S. A.
  Av. Primavera 2160, Santiago de Surco, Lima, Perú
  Teléfono 313 4000
  Telefax 313 4001

ISBN: 978-603-4016-61-3
Hecho el depósito legal en la Biblioteca Nacional del Perú N° 2008-06960
Registro de Proyecto Editorial N° 31501400800406
Primera edición: junio 2008
Tiraje: 2000 ejemplares

Diseño de colección: Pep Carrió y Sonia Sánchez
Imagen de cubierta: © Pep Carrió

Impreso en el Perú - Printed in Peru
Metrocolor S. A.
Los Gorriones 350, Lima 9 - Perú

ÍNDICE

PRÓLOGO

EN AQUELLA aula de la vieja San Marcos —era el año 1953 o 1954— el profesor de Literatura Española del Siglo de Oro despachó una rápida diatriba contra las novelas de caballerías que —averigüé después— había tomado de Menéndez y Pelayo. El espíritu de contradicción con que he nacido me llevó a la añosa biblioteca llena de telarañas de la casona sanmarquina y el azar, o Dios, si existe, puso en mis manos la edición del *Tirant lo Blanc* de Joanot Martorell publicada por Martí de Riquer en 1947. Leer ese libro fue una aventura que, creo, cambió para siempre la vida del furioso lector que ya era y del escritor que soñaba con ser.

No sólo gocé sumido en las épicas, risueñas, disparatadas, sensuales y delirantes hazañas de Tirant y su corte. También, gracias a ellas, descubrí esa vocación proliferante y deicida de la novela, su irresistible propensión a crecer y multiplicarse, enfrentando al mundo, a la vida, a la historia una réplica de imaginación y de palabras que los imita a la vez que los niega, que desafía a Dios, rehaciendo —corrigiendo, mejorando o empeorando— la realidad que creó.

Los ensayos de este libro son testimonios de mi fidelidad al entusiasmo y felicidad que he sentido cada vez que he leído, o releído en todo o en parte, la extraordinaria novela de Joanot Martorell. Los escribí en distintas épocas y siempre guardaré gratitud a Jaime Salinas, entonces director de Alianza Editorial, que fue el primer editor al que pude convencer de que encargara una nueva traducción al castellano del clásico valenciano, y a Carlos Barral, que, poco después, se animó también a hacer una edición popular de esa obra maestra.

MARIO VARGAS LLOSA
Lima, abril de 2008

CARTA DE BATALLA POR
TIRANT LO BLANC

CABALGANDO CON TIRANT

Los ensayos que componen este libro fueron escritos a lo largo de treinta años. Son hitos de una ininterrumpida, apasionada y apasionante relación con el *Tirant lo Blanc*. Cuando llegué a España, de estudiante, en 1958, me sorprendió lo desconocida que era para el lector medio español la novela que, desde que la descubrí en una biblioteca limeña, me había impresionado como una cumbre del género. Confinada en cenáculos de especialistas, ni siquiera había ediciones —catalanas o castellanas— al alcance del gran público.

Desde entonces traté de convencer a los editores que se ponían a mi alcance para que hicieran una edición popular del *Tirant lo Blanc*. Me llena de vanidad haber vencido las reticencias de Carlos Barral a leer el libro, primero, y, luego, a hacer en Seix Barral una edición comercial de la novela. Se hizo, en 1969, en dos volúmenes de la «Biblioteca Breve de Bolsillo», preparada y prologada por Martí de Riquer. Que se agotara en pocos meses fue una rotunda demostración de algo que siempre sostuve: que, pese a sus larguras y a lo intrincado de su prosa, *Tirant lo Blanc* podía ser leída y gozada en su lengua original por cualquier hispanohablante someramente culto.

De la traducción anónima al castellano de 1511 había una reedición en el tomo de *Libros de caballerías espa-*

ñoles, de Aguilar (edición de Felicidad Buendía, Madrid, 1954), donde aparecía acompañada de *El caballero Cifar* y el *Amadís de Gaula.* Pero la letra microscópica y el papel biblia de aquella impresión exigían lectores de ojos heroicos. (Uno de ellos fue Luis Martín-Santos, el único escritor español entre los que frecuenté en los años sesenta que lo había leído —en dicha edición— y compartía mi entusiasmo por el libro.) Esta traducción de época tiene una frescura salvaje, el encanto de ciertas cosas bastas y primitivas, pero, además de tomarse excesivas libertades con el texto, como añadidos y enmiendas, es incompleta pues el traductor —o el editor vallisoletano Diego de Gumill— se permitió suprimir páginas y frases del original.

Jaime Salinas, que dirigía entonces Alianza Editorial, se animó a encargar una nueva versión castellana, íntegra y fidedigna. La hizo J. F. Vidal Jové y apareció en dos tomos, en «El Libro de Bolsillo», en Madrid, en 1969. Para prólogo de ella escribí el primer ensayo de esta compilación, cuyo título belicoso se explica, tal vez, por el carácter arriesgado y desafiante, de libro difícil que sale a conquistar lectores, de aquella edición, la que, para desagravio de Joanot Martorell y felicidad mía, se ha reimpreso desde entonces varias veces.

El segundo ensayo fue una conferencia en el Instituto de España en Londres, en marzo de 1970, en un mínimo homenaje al autor del *Tirant lo Blanc* que me permitió organizar don Carlos Clavería, director de aquella institución. El texto sirvió luego de prólogo a una edición de la correspondencia de Joanot Martorell, que hicimos con Martí de Riquer en Barcelona, en 1972, y que auspició también Carlos Barral, en Barral Editores. Fue para mí emocionante compartir esta pequeña aventura editorial con quien mejor conoce en el mundo la obra y la época de Martorell y con quien ha escrito con tanta sabiduría sobre las calumniadas novelas de caballerías.

El tercer ensayo fue leído en el simposio convocado por la Real Academia de Buenas Letras de Barcelona, en noviembre de 1990, para celebrar el quinto centenario de la primera edición del *Tirant lo Blanc*. Participaron profesores y críticos venidos de Estados Unidos, Alemania, Italia, Francia y creo que algún otro país, además de los españoles. Y con motivo de ese aniversario, tanto en Barcelona como en Valencia, además de seminarios y artículos en homenaje de Martorell, se exhibieron las viejas y las nuevas traducciones, las ediciones ya hechas y se anunciaron varias haciéndose. La proliferación de trabajos académicos que, en distintos lugares del mundo, analizan, interpretan o cotejan el libro es tal que va siendo difícil mantenerse al día. La novela que yo divisé por primera vez, a mediados de los cincuenta, en la polvorienta biblioteca de la Universidad de San Marcos, ha escapado de la cárcel universitaria y de la mano de muchísimos nuevos lectores, ganado derecho de ciudad. Por estúpido que parezca, no puedo dejar de sentir que esta resurrección y apoteosis del *Tirant lo Blanc* es también una victoria mía, algo que de algún modo recompensa la fidelidad del más intransigente de sus valedores.

Lima, 3 de septiembre de 1991

CARTA DE BATALLA POR *TIRANT LO BLANC*

«Es éste el mejor libro del mundo», escribió Cervantes de *Tirant lo Blanc* y la sentencia parece ahora una broma. Pero lo cierto es que se trata de una de las novelas más ambiciosas, y, desde el punto de vista de su construcción, tal vez de la más actual entre las clásicas. Nadie lo sabe porque muy pocos la leyeron y porque ahora ya nadie la lee, fuera de algunos profesores cuyos trabajos de análisis histórico, vivisección estilística y cateo de fuentes suelen contribuir involuntariamente a acentuar la condición funeral de este libro sin lectores, ya que sólo se autopsia y embalsama a los muertos. Estos ensayos eruditos, y a veces admirables por su rigor e información, como el prólogo de Martí de Riquer a la edición de 1947, nunca demuestran lo esencial: la vitalidad de este cadáver. Ocurre que la vida de un libro —la vigencia de sus técnicas, la eficacia de su fantasía, su poder de persuasión que no disminuyó con los siglos— no se puede describir: se descubre por contaminación cuando se encuentran el libro y el lector.

¿Qué ha impedido hasta ahora que *Tirant lo Blanc* y los lectores se encuentren? Este drama no se explica sólo por el drama de la lengua en que la novela fue escrita (las lenguas en que se narraron las historias originales del Cid, de Beowulf, de Rolando o de Peredur son menos descifrables para el lector común de nuestros días y sin embargo esos héroes están más vivos que Tirant), sino, sobre todo, por el drama de un género: las novelas de caballerías. Un lugar común enseña que Cervantes las mató. ¿La solitaria mano de un manco pudo perpetrar genocidio tan numeroso? Las había condenado la Iglesia y perseguido la Inquisición, muchos escritores las vituperaron y por fin la sociedad las olvidó. ¿Qué temor inspiró esta conjura? He leído unos pocos libros de caballerías (¿dónde leer esos centenares de títulos catalogados por Pascual de Gayangos y Henry Thomas?) y pienso que fue el miedo del mundo oficial a la imaginación, enemiga natural del dogma y fuente de toda rebelión. En un momento de apogeo de la cultura escolástica, de cerrada ortodoxia, la fantasía de los autores de novelas de caballerías debió resultar insumisa, subversiva su visión sin anteojeras de la realidad, osados sus delirios, inquietantes sus criaturas fantásticas, sus apetitos diabólicos. En la matanza de las novelas de caballerías cayó Tirant y por la inercia de la costumbre y el peso de la tradición todavía no ha sido resucitado, vestido en su armadura blanca, montado en su caballo y lanzado en pos del lector, desagraviado. Pero más importante que averiguar la razón del olvido en que ha vivido esta novela es arrebatarla a las catacumbas académicas y someterla a la prueba definitiva de la calle. ¿Se derrumbará al salir a la luz como uno de esos fósiles que los museos conservan con sustancias químicas? No, porque este libro no es una curiosidad arqueológica sino una ficción moderna.

1. A IMAGEN Y SEMEJANZA DE LA REALIDAD

MARTORELL ES el primero de esa estirpe de suplantadores de Dios —Fielding, Balzac, Dickens, Flaubert, Tols toi, Joyce, Faulkner— que pretenden crear en sus novelas una «realidad total», el más remoto caso de novelista todopoderoso, desinteresado, omnisciente y ubicuo. ¿Qué significa que esta novela es una de las más ambiciosas? Que *Tirant lo Blanc* es el resultado de una decisión tan descabellada como la de aquel personaje de Borges que quería construir un mapamundi de tamaño natural. Lo más difícil es tratar de clasificarla, porque todas las definiciones le convienen pero ninguna le basta.

¿Es una novela de caballerías? Sí, pero «distinta», como han señalado los críticos, porque es menos inverosímil que las otras ya que en ella casi no hay acontecimientos sobrenaturales ni personajes fabulosos, y acaso la única historia estrictamente fantástica, la aventura del caballero Espèrcius, sea un añadido de Martí de Galba que no figuraba en el proyecto inicial de Martorell. Abolido Espèrcius ¿puede hablarse de una «novela realista»? Habría que olvidar también el sueño en que la Virgen se aparece al rey de Inglaterra para aconsejarle que ponga al frente de su ejército a Guillem de Varoic, las *magnificències de la Roca*, la mágica desaparición del Dios del Amor durante las fiestas de bodas del rey de Inglaterra, la insólita llegada del Hada Morgana a Constantinopla, la imposible presencia del rey Artús entre los vasallos del emperador bizantino, y la *claredat d'àngels* que baja del cielo a llevarse las almas de Carmesina y de Tirant, aparte de que ¿puede considerarse probable (ésta parece ser la condición del «realismo» en su concepción corriente) que Tirant haya «conquistat en quatre anys e mig tres centes setanta dues viles, ciutats e castells», matado a millares de hombres y convertido y bautizado a otros tantos? Ad-

mitamos que se trata de excesos de inventiva que no afectan el conjunto de la obra y que la masa principal de hechos, personajes y lugares son de naturaleza no fantástica. Ahora bien: ¿de qué clase de novela realista se trata?

¿*Una novela histórica?* Los críticos han rastreado los sucesos verídicos emboscados detrás de las hazañas de Tirant, comprobado que el sitio de Rodas por los sarracenos se basa en hechos que ocurrieron y adivinado cómo y a través de quién pudo documentarse Martorell, demostrado que la gesta de Tirant en el Imperio griego evoca con alguna fidelidad la odisea de Roger de Flor y su compañía catalana relatada por Ramon Muntaner, identificado entre los personajes de la ficción a un puñado de monarcas, reinas, príncipes y nobles que existieron, separado las acciones, sitios y hasta accidentes geográficos ciertos de los inventados. No hay duda: los materiales que Martorell usurpa a la historia son abundantes y ésta desempeña en *Tirant lo Blanc* una función más importante que en otras novelas medievales. ¿Pero cómo considerar *documental* un libro que acerca acontecimientos separados por siglos, arrima ciudades distantes, cambia ríos e iglesias de lugar, inventa imperios y reyes, y «describe» una invasión de Inglaterra por los árabes? ¿Cómo fiarse del *testimonio* de un libro que distorsiona el tiempo y el espacio, atropella la cronología y la estadística, que mezcla tan inextricablemente la verdad y la mentira, que no diferencia entre lo ocurrido y lo soñado o inventado, que está tan enraizado en el mundo objetivo de lo sucedido como en el mundo subjetivo de lo imaginado?

¿Por qué no llamarla, más bien, una novela militar? Martorell conoce todos los secretos de la brutalidad de su época, su libro es (también) una exposición sobre el arte abyecto de la guerra y suministra en torno a la violencia medieval una información minuciosa, caudalosa y brutal. La crítica ha advertido que en tanto que otros héroes caballerescos son casi siempre combatientes solitarios, Tirant capitanea ejércitos; titán de la lucha singular como el Amadís o el Palmerín, es asimismo un estratega genial. Aquí también aparece esa ambición cuantitativa, ese apetito sin fronteras, esa emulación envidiosa de la realidad que caracteriza al suplantador de Dios. Martorell pretende saberlo y decirlo todo sobre los duelos, los torneos y las formas de la guerra en el mar, el campo y la ciudad. ¿Cómo aprende el caballero cristiano a soportar el castigo, a odiar, y a respetar las reglas del juego de la muerte? El hijo de Guillem de Varoic aparece en tres momentos furtivos de su «educación»: recién nacido, es golpeado para que llore por la partida de su padre y comparta la tristeza de su madre; niño, su padre lo hace rematar a un árabe malherido y lo enjuaga en la sangre del muerto; joven, se presta las armas invictas de Tirant para participar en un torneo y derrota a sus adversarios.

¿Cuál es la formación guerrera de un infiel? Los hombres de la tierra de Enedasi, que combaten en el ejército del rey de Jerusalén, tuvieron el siguiente aprendizaje: «com és d'edat de deu anys, li mostren de cavalcar e de jugar d'esgrima; com sap bé d'açò, posen-lo ab un ferrer perquè los braços li tornen asits e forts e sàpien colpejar en les armes com mester ho han; aprés los fan amostrar de lluitar e de tirar llança, e tota cosa que bona sia per a les armes; e lo darrer ofici que els mostren és carnissers, perqué s'aveen a esquarterar la carn e no ha-

21

gen temor de menejar la sang, e ab tal ofici tornen cruels». Hay duelos individuales y colectivos, a pie y a caballo, deportivos y a *tota ultrança*. Dos requisitos les son comunes: igualdad aparente de fuerzas (Tirant arroja sus armas y lidia con el alano del duque de Gales con uñas y dientes hasta matarlo de un mordisco) y una *mise en scène* estricta que, como en el duelo entre Tirant y Tomàs de Muntalbà, suele constar de cuatro actos o tiempos: 1) antes del duelo físico, los adversarios protagonizan un duelo oral o escrito en el que cruzan insultos y cumplimientos; 2) discuten las armas, el lugar y las características del combate, eligen los jueces y entregan prendas; 3) se abrazan y besan, y 4) luchan hasta que uno muere. Todo está puntualizado: las circunstancias de cada torneo y sus escenarios y ritos, el tenor de las cartas de desafío, las armas, vestiduras y símbolos adecuados para cada ocasión, cómo se establece y se rompe el cerco a una ciudad, y las tácticas y horrores específicos de cada batalla. ¿Cuánto ganan los soldados que van a Constantinopla con Tirant? «Al ballester donaven mig ducat lo dia, e a l'home d'armes un ducat.» ¿Y los hombres del Gran Turco y del Soldán? «E cascun dia los donaven mig ducat per llança, e als de peu, mig florí.»

Hay batallas de a mentiras, como la que se lleva a cabo para tomar el castillo de la Roca; de pocos combatientes como la que enfrenta a Tirant y dieciocho moros en las afueras de Rodas, y multitudinarias; con intervención de máquinas de guerra, o sólo de infantes, o sólo ecuestres o mixtas. El repertorio estratégico es inagotable; una batalla se puede ganar cambiando por jabón blanco y queso los proyectiles de las ballestas enemigas y hasta el instinto sexual de las bestias puede ser aprovechado para el triunfo: Tirant acerca una manada de yeguas cristianas al campamento del Gran Turco y del Soldán y en la estampida rijosa de caballos musulmanes que se produce, ataca y vence. La violencia es alternativamente idealizada y descrita con detalles naturalistas atroces: los habitantes de Rodas comen gatos y ratas durante el asedio, a menudo los sesos de las víctimas se chorrean por los «ulls e per les orelles», hay cabezas cercenadas y clavadas en lo alto de una pica, heridas que tardan meses en cerrar. En apariencia (y la apariencia, ya lo veremos, lo es todo en este mundo), los nobles guerrean porque aman ese deporte viril y ambicionan la gloria; pero bajo esos brillos se agazapan a veces la codicia y el tráfico: los señores de Malveí se han enriquecido con la guerra, Tirant recibe luego de su primera victoria en Grecia quince ducados por cada prisionero (ha capturado cuatro mil trescientos), y al emperador bizantino le ofrecen por el rescate de sus rehenes, el Gran Caramany y el rey de la soberana India, tres veces el peso en oro del primero y el peso y medio del segundo. Sí, se trata de una «novela militar», en el sentido que lo es *La guerra y la paz,* y Martorell tal vez hubiera reclamado como Tolstói el título de historiador castrense, ¿pero cómo llamar sólo militar a un libro que dedica tantas páginas al reposo de los guerreros, que se demora en las alcobas y salones de los palacios, que se interesa en las conductas privadas de los personajes tanto como en sus hazañas públicas?

¿No sería mejor novela costumbrista, social? Aunque probablemente Martorell sólo conoció Inglaterra entre todos los países donde transcurre su novela —su tierra no es escenario de ningún episodio, la única alusión a Valencia, aunque emocionada, es lateral— *Tirant lo Blanc*

aprisiona la sociedad de su tiempo con una envolvente mirada balzaciana y el sociólogo puede recoger en sus páginas un oceánico repertorio de datos sobre las clases sociales, las instituciones y las costumbres de esa Edad Media que, al aparecer el libro en 1490, está ya, como la Francia de *La comedia humana*, la Inglaterra de Dickens, la Rusia de Tolstói y el Deep South de Faulkner, condenada a morir. Buitre que se alimenta de carroña histórica, sepulturero y rescatador de una época, como todo novelista total, Martorell es también un maniático y perverso entomólogo. Aunque los personajes principales pertenecen a la aristocracia, o acceden a ella en el transcurso de la acción, como Plaerdemavida o Hipòlit, aquí el mundo plebeyo no es el borroso y promiscuo horizonte contra el cual centellean las gestas de los nobles, como ocurre en otras novelas de caballerías. Levemente aparecen representados varios estratos de la sociedad —monarcas, nobles, religiosos, soldados, abogados, médicos, heraldos, pajes, dueñas, sirvientes, esclavos— y se dan indicios sobre sus pugnas externas y sus contradicciones internas. El furor temeroso del señor feudal ante esa burguesía naciente en la que adivina una rival, se transparenta en el episodio en que el Duc de Lencastre ahorca a seis juristas («e no es partí d'allí fins que hagueren trameses les miserables ànimes en infern»), en la expulsión de todos los abogados, salvo dos, de Inglaterra, en la naturalidad con que Diafebus destroza la cabeza del médico que tarda en curar a Tirant. La disputa de herreros y tejedores que perturba las bodas del rey de Inglaterra ilustra las rivalidades entre gremios y corporaciones de artesanos que alborotaban de cuando en cuando la Edad Media, y hay indicaciones constantes sobre los aspectos puramente económicos y sociales de las guerras: soldadas, botines, rescates, tratamiento de prisioneros según su condición, invasiones y conquistas, sufrimiento de la población civil, rapiñas y crímenes.

El material informativo sobre las instituciones es muy prolijo en lo relativo a la orden de caballería, pero abarca también al Estado, la administración social y el dictado y la aplicación de las leyes. Cargos, títulos, jerarquías nobiliarias son explicados, documentados los entretenimientos, descritas las ceremonias religiosas y profanas, consignados las creencias y los mitos. Vista desde esta perspectiva no es abusivo afirmar que *Tirant lo Blanc* es un tratado sobre usos y costumbres, ¿porque acaso no lo es también *La comedia humana*? No sólo se describen procesiones, matrimonios, entierros, banquetes, cacerías, fiestas; también se precisa cuándo se saludan los caballeros abrazándose y cuándo besándose en la boca, y a quiénes besan la mano y el pie y por qué lo hacen. La moda es primordial, y no sólo se menciona el material y los colores y formas de los vestidos y de las joyas, sino incluso su precio: «E lo Rei ixqué ab una roba de brocat sobre lo brocat carmesí, forrada d'erminis, e hagué deixada la corona, e portava en lo cap un petit bonet de vellut negre ab un fermall que estimaven valer cent cinquanta mília escuts». El detallismo en la pintura de los fastos es moroso, y en lo que se refiere a las comidas a veces hay datos implacables: después de tomar un baño, la princesa Carmesina, criatura de catorce años que debía de ser una belleza rubensiana, devora «un parell de perdius ab malvasia de Candia e aprés una dotzena d'ous ab sucre e ab canyella». Hasta aparecen observaciones sobre dietas terapéuticas: la carne de faisán, dice el emperador, es buena para el corazón. Pero sobre todo este vasto material sociológico pesa la misma duda que sobre el contenido histórico de la novela: ¿dónde termina la observación, dónde comienza la invención? El libro muestra un cuerpo macizo en el que no se distingue el miembro natural del postizo, lo tomado de la realidad objetiva y lo fabricado por la imaginación del creador, y precisamente esa perfecta fundición de elementos de filiación diferente, su integración sin cesuras, la apariencia de verdad que la coherencia del todo imprime a cada una de las partes de la novela, es el obstáculo mayor para la utilización científica de sus informaciones. Éstas son cuantiosas, pero siempre relativas, porque el poder de persuasión de la novela puede hacer pasar gato por liebre con la mayor facilidad. Y en el gaseoso dominio de los usos y costumbres, el censo de lo cierto y lo falso es mucho más arduo que en el de la historia y la geografía.

¿Una novela erótica? Salvo en el plano sexual, donde la verificación de lo posible y lo imposible resulta más fácil. Y como en *Tirant lo Blanc* el sexo tiene un papel esencial —lo ha destacado el profesor Frank Pierce en un trabajo muy atinado— tal vez el calificativo que mejor le calce sea el de «novela erótica». En la novela el amor es tan importante como la guerra, e incluso el elemento heroico se halla subordinado al erótico, como lo subraya el emperador de Grecia: «Per cert jamés se féu en lo món negun bon fet d'armes si per amor no es fes». Tirant aspira a que la posteridad lo recuerde como enamorado, no como guerrero, ya que pide que su tumba lleve la siguiente inscripción: «Aquí yace Tirante el Blanco que murió por mucho amar» (su deseo no se cumple).

El sexo aparece tardíamente en el libro; es casi invisible en lo que puede considerarse la primera parte de la historia, pero desde que asoma, en el instante en que casualmente toca Tirant los pechos de la bella Agnès al quitarle el relicario, su presencia ya no cesa y va paulatinamente creciendo hasta ocupar el primer plano de la acción durante la estancia de Tirant en la corte de Constantinopla. Pierde ímpetu durante los episodios africanos, pero reaparece con gallardía al final, y, de hecho, cierra la novela, cuando la emperatriz e Hipòlit coronan con un matrimonio sus amores adúlteros y subjetivamente incestuosos. El tratamiento del amor por Martorell no sólo es de una libertad poco frecuente, es sobre todo múltiple, complejo e imparcial. También aquí tiene el lector la sensación de que el suplantador de Dios ha alcanzado su soberbio designio de decirlo todo: desde el amor cortés de ritos matemáticos, lánguidas maneras y barroca retórica, que Tirant y la princesa representan (a ratos), hasta el ayuntamiento sin ceremonias, la pura fiesta del instinto, que celebran la emperatriz e Hipòlit, muchas formas y variedades intermedias aparecen, con su teoría y su práctica, sus desviaciones y sus fantasías. El novelista total es, como Dios, neutral. Martorell no toma partido entre el «amor tímido» y sentimental que Tirant considera el mejor, y el «amor vicioso» que alaba Estefania y predica la casta Plaerdemavida: presenta ambos y deja que el lector juzgue por sí mismo. Los cuadros amorosos se suceden hasta constituir una verdadera exposición erótica: fiestas sensuales, fetichismo, lesbianismo, adulterios, amagos de violaciones, un incesto simbólico, *voyeurisme*, técnicas de la alcahuetería, juegos erógenos. Y también: el delicado simbolismo de la pasión, la idealización más refinada del deseo, las proyecciones míticas del amor, sus misterios, sus tormentos y goces secretos, sus impactos físicos, su críptico lenguaje. Es verdad que en el elenco de la novela no figura ninguna prostituta, pero sucede que en *Tirant lo Blanc* el amor tiene casi siempre implicaciones mercenarias. Los amantes cambian caricias y dinero indistintamente: un escribano posee a la «honesta señora de Rodas» porque le arroja a las faldas unas joyas y un puñado de monedas, después de la primera noche de amor la emperatriz gratifica a su amante con una joya que vale más de cien mil ducados, la princesa Carmesina distrae dinero del Imperio para regalárselo a Tirant. El culto cristiano a la virginidad está puntillosamente descrito, y asimismo las complicaciones que origina y los sustitutivos que engendra. Los suspiros, sollozos, desmayos y lamentaciones poéticas del amor cortés se entrelazan inseparablemente con las crudas exigencias de la carne, y así como un personaje ante el solo recuerdo de su amada cae al suelo de bruces malherido de amor, hay un beso que demora exactamente lo que un hombre en caminar una milla. El sexo contamina la guerra, la política, la cocina, la moda, y hasta traumatiza la religión: Diafebus besa a Estefania en la boca tres veces en honor a la Santísima Trinidad. Hay amores a primera vista como el de Tirant por Carmesina, graduales como el del infante Felip por la princesa Ricomana, sin éxito como el de Plaerdemavida por Hipòlit y el de la reina Maragdina por Tirant, fantásticos como el de Espèrcius por la doncella encantada de la isla de Llango, delictuosos como el de la Viuda Reposada por Tirant, y «transferidos» en el sentido psicoanalítico, como el de la emperatriz por Hipòlit. Una «novela erótica», desde luego, pero ¿sólo erótica?

¿Una novela psicológica? También podría ser una «novela psicológica» *avant la lettre,* al menos porque en la ca-

racterización de los personajes Martorell emplea sutilezas y matices desconocidos en las narraciones de caballerías. En éstas, la riqueza de la acción suele contrastar con la monotonía subjetiva del protagonista, que es exclusiva superficie, como la figura de un tapiz, repetición mecánica de cualidades y defectos, abstractos e inmutables. Capaz de empresas descomunales, el héroe caballeresco carece, sin embargo, de dimensión interior, y su psicología suele ser tan compleja como la de su caballo. En *Tirant lo Blanc,* en cambio, se advierte un afán de profundización en algunos personajes, una voluntad de atravesar su presencia sensible para descubrir el origen, las motivaciones de sus actos en su invisible vida interior. Esta averiguación de la intimidad, esta descripción de la psicología individual no es nunca forzada. El autor no la impone al personaje y al lector a fuerza de adjetivos: las personalidades se van dibujando de manera objetiva y gradual, a través de los comportamientos.

Es cierto que un maniqueísmo convencional preside básicamente la acción de la novela: en las guerras, los cristianos encarnan la verdad y la justicia, y los musulmanes la mentira y la injusticia, y por ejemplo los genoveses siempre están en el lado de los malos. Pero este esquematismo se atenúa y la visión es menos rústica cuando la anécdota se aleja del campo de batalla. Por lo pronto, que los cristianos pertenezcan a la facción de la verdad no significa que individualmente valgan lo mismo: hay entre ellos avaros como el infante Felip, envidiosos, traidores y asesinos como el duque de Macedonia, inescrupulosos y codiciosos como Hipòlit. Y entre los infieles de la «secta mahomética» hay seres generosos y dignos como Escariano y Maragdina (pero infaliblemente se convierten). En las novelas de caballerías proliferan los sueños y su función es clarísima: son las puertas de entrada a la maravilla y el milagro. Aquí también hay sueños de esta índole, pero, además, hay dos sueños falsos que son puertas de entrada a la intimidad secreta del protagonista: el que inventa Plaerdemavida sobre las bodas sordas en el castillo de Malveí, y el que la emperatriz se atribuye luego de su noche de amor con Hipòlit. Ambos sueños falsos descubren la raíz, la razón profunda de la singular conducta de ambos personajes frente al sexo. La inhumanidad del personaje de la novela primitiva proviene de su rigidez: son seres previsibles, siempre idénticos a sí mismos. En *Tirant lo Blanc* algunos personajes evolucionan, cambian de manera de pensar y de actuar, su personalidad aparece no como envoltura de una esencia fatídica, sino como resultado de un proceso. Antes de conocer a Carmesina, Tirant desdeña a las mujeres, las tiene por vanas cotorras («sabuda cosa és que tot l'esforç de les dones és en la llengua», dice) y se burla de los enamorados («Bé són folls tots aquells qui amen»); luego, las diviniza y antepone el amor a todas las cosas. Antes de conocer a Hipòlit, la emperatriz parece haber sido una esposa fiel, y la Viuda Reposada una dueña inmejorable antes de enamorarse de Tirant: esas experiencias las cambiaron. Pero, fuera de cambiar, los personajes también se contradicen y a veces se descubren abismos entre lo que creen o dicen que son y lo que sus actos muestran que realmente son. Esos conflictos enriquecen y humanizan al personaje, porque aparece en él ese elemento privativo de lo humano que es la ambigüedad. Tirant, por ejemplo, parece en un momento querer dar de sí mismo la imagen de un seductor: «No acostume jo de combatre donzelles sinó en cambra secreta, e si és perfumada e algaliada més me plau». Pura fanfarronería:

en realidad es un tímido. Su timidez se disimula con la máscara de la modestia al principio de la novela, cuando no se atreve a decir al ermitaño que él fue «el mejor de los vencedores» durante el torneo de Inglaterra y cuando se retira avergonzado al comenzar a contar Diafebus sus hazañas a Guillem de Varoic; pero en la corte griega aparece al desnudo en sus vacilaciones y escrúpulos con Carmesina, lo que exaspera a Plaerdemavida, que es partidaria de la osadía y la violencia amorosa.

Tirant sabe que en cuestión de amor es un ser inhibido, porque trata de justificar esta limitación personal con una teoría, la defensa intelectual que hace del «amor tímido» ante la infanta Ricomana. Pero, curiosamente, esta timidez que lo maniata cuando ama, desaparece y es reemplazada por la mayor audacia cuando se trata de amores ajenos: no sólo es un habilidoso forjador de matrimonios, sino que recurre a la fuerza de sus brazos para ayudar a Felip cuando éste trata de violar a Ricomana. El caso de Plaerdemavida es parecido, y ya Menéndez Pelayo señaló la contradicción que hay en ella: es el personaje que emplea el lenguaje sexual más atrevido, el que trama y refiere los sucesos eróticos más imaginativos de la novela, pero al mismo tiempo es relativamente casta. Sus juegos con la princesa la muestran como una moderada, inconsciente lesbiana. En todo caso, es innegable que goza viendo, oyendo, fomentando el amor más que practicándolo. Lo que puede significar también que ver, oír y fomentar el amor ajeno sea su manera de practicarlo, y un indicio de esto es su reacción la noche que espía las bodas sordas del castillo de Malveí; se inflama tanto, confiesa, que tiene que correr a mojarse. Estefania es menos ambigua, más consecuente: teoriza favorablemente sobre el «amor vicioso» ante Carmesina y la noche de las bodas sordas pone en práctica estas convicciones.

Pero el personaje de mayor complejidad psicológica es, desde luego, la emperatriz, que parece concebida para un análisis freudiano. Gracias a ella, *Tirant lo Blanc* llega, si no a incorporar plenamente, por lo menos a insinuar, dentro de su construcción de una realidad total, la existencia del subconsciente. Al principio, su amor con Hipòlit parece un adulterio trivial. Pero pasada la primera noche de amor, la emperatriz describe al emperador un sueño falso en el que hace una curiosa identificación entre su amante y su hijo muerto, una transubstanciación mental. Sus relaciones con Hipòlit le descubren a ella misma (en todo caso al lector) una tendencia incestuosa reprimida que se objetiva gracias a una sustitución. Esta transferencia aparece destacada durante toda la relación de los amores de la pareja: la emperatriz llama a Hipòlit *mon fill,* y un día, ante el emperador, Tirant y las doncellas, toma a aquél de la mano y proclama: «E puix aquell que tant he amat no puc haver... aquest serà en lloc d'aquell, e prenc a tu per fill, e tu pren a mi per mare». ¿Se da realmente cuenta la emperatriz de lo que le ocurre? Tanto impudor ya no es impudor, sino probablemente ignorancia. Pero Hipòlit sí sabe muy bien lo que pasa, ya que, al morir el emperador, calcula «tota vergonya a part posada» que la emperatriz se casará con él por esta sorprendente razón: «car acostumada cosa és de les velles que volen llurs fills per marits per esmenar les faltes de llur jovent volent-ne fer aquella penitència».

Una «novela total». Novela de caballerías fantástica, histórica, militar, social, erótica, psicológica: todas esas cosas a la vez y ninguna de ellas exclusivamente, ni más ni menos que la realidad. Múltiple, admite diferentes y antagónicas lecturas y su naturaleza varía según el punto de vista que se elija para ordenar su caos. Objeto verbal que comunica la misma impresión de pluralidad que lo real, es, como la realidad, acto y sueño, objetividad y subjetividad, razón y maravilla. En esto consiste el «realismo total», la suplantación de Dios. ¿Es menos real lo que los hombres hacen que lo que creen y sueñan? ¿Las visiones, pesadillas y mitos existen menos que los actos? La noción de la realidad de los autores de novelas de caballerías abraza en una sola mirada varios órdenes de lo humano y en ese sentido su concepto del realismo literario es más ancho, más completo que el de los autores posteriores. Pero hay que reconocer que, a menudo, en sus libros el elemento legendario, mítico e irracional acaba por sumergir y borrar al histórico, objetivo y racional. La originalidad de Martorell reside en que en su novela ocurre lo contrario, la proporción en que están representadas esas dos caras de lo real en *Tirant lo Blanc* es más bien la inversa. Esto ha llevado a algunos a aplicarle la estrecha definición de realismo literario que excluye de lo real todo aquello cuya existencia no es racionalmente demostrable. En *Tirant lo Blanc* la dimensión fantástica de lo real aparece al igual que en el *Amadís de Gaula* o en *El caballero Cifar*, aunque en una dosis mucho menor. Además, en Martorell se advierte un suave escepticismo frente a la credulidad de su época: usa pero no abusa de los milagros, la magia no lo entusiasma en absoluto, sus supersticiones son discretas, los mitos que acepta son literarios. Es un imaginativo irredimible y, al mismo tiempo, un racionalista esforzado. Trata de *explicar* las infalibles victorias de Tirant por su resistencia física, «que li dura tant com vol», y permite que Tirant caiga herido muchas veces, lo que prueba que es vulnerable, y que tenga accidentes tan banales como caerse de una ventana y de un caballo y que muera de enfermedad, lo que indica que, pese a sus proezas, no es ontológicamente distinto de cualquier hombre vulgar.

Diafebus, luego de enumerar a Guillem de Varoic los prodigios que contiene el palacio de la Roca —por ejemplo, una doncella esmaltada en oro que orina vino blanco—, trata de convencerlo de que estas maravillas no son obra de *nigromancia*, sino de *artificio*. Las explicaciones son poco convincentes, a veces la racionalización de lo fantástico resulta todavía más fantástica. Pero esto no debilita el realismo del libro, sino lo robustece, pues significa que el autor ha logrado inocular a los fantasmas de su mundo una vida propia tan poderosa que no consigue destruirla ni su propia inteligencia. Cada época tiene sus fantasmas, tan representativos de ella como sus guerras, su cultura y sus costumbres: en la «novela total» esos elementos vertiginosamente coexisten, como en la realidad. La Edad Media de *Tirant lo Blanc*, como la Francia de *La comedia humana*, la Rusia de *La guerra y la paz*, el Dublín del *Ulises* y el condado de Yoknapatawpha de las novelas de Faulkner, ha sido erigida a imagen y semejanza de la realidad. Pero de lo que conocían de la realidad los hombres de *una época dada*: ese enjambre de verdades y mentiras confundidas, ese cúmulo de observaciones e invenciones tienen fecha y lugar de nacimiento; fueron elaboradas con materiales que el creador recogió en alguna parte y que imaginó en algún momento: en otro lugar y en otro tiempo no hubieran sido los mismos. Es verdad que todo lo existente le sirvió de alimento; pero no lo que todavía no existía. Se valió de todo lo que la inteligencia y la fantasía de los hombres habían descubierto o puesto en la realidad; pero no de lo que los hombres venideros desecharían, agregarían o modificarían. Es en este sentido y sólo en éste que *Tirant lo Blanc* (la novela en general), además de creación autónoma, es también *testimonio* fiel de su época. Sus datos históricos pueden estar equivocados como los de *La guerra y la paz*, sus observaciones sobre la vida social ser exageradas y caricaturales como las de *La comedia humana:* pero esas equivocaciones, exageraciones y caricaturas son también rasgos distintivos de una época y reflejan tan válidamente como un hecho histórico o un documento social las características de un mundo. Las acciones desmedidas de *Tirant lo Blanc,* sus personajes inusitados, sus reinos ficticios, delatan una mentalidad: las creencias que estimulaban a los hombres medievales, los tabúes que los frenaban, el alcance de sus conocimientos y la frontera de sus sueños.

Hurtos, plagios, invenciones. Creación de una «realidad total» a imagen y semejanza de la realidad total de su época, *Tirant lo Blanc* es por lo mismo el producto más cabal de ésta, una representación de su modelo. Martorell utilizó todos los materiales que le ofrecía su tiempo: la vasta realidad fue su cantera al mismo tiempo que su paradigma. Aprovechó hechos históricos, experiencias personales y, desde luego, ajenas, saqueó vidas y muertes pasadas y contemporáneas. También saqueó libros: los críticos han localizado un rosario de plagios que comienzan en la dedicatoria de *Tirant lo Blanc* (copiada de la de Enrique de Villena en *Los doce trabajos de Hércules*) y terminan en las páginas finales de la novela (donde el segundo epitafio de Tirant y Carmesina reproduce el de dos personajes del valenciano Johan Roiç de Corella). En una novela, la procedencia de los materiales de creación importa menos que el uso que haga de ellos el autor; todo depende del provecho que les saque, pues en la creación literaria el fin justifica siempre los medios. El novelista crea a partir de *algo;* el novelista total, ese voraz, crea a partir de *todo.* Los plagios de Martorell interesan en la medida en que constituyen indicios de su ambición totalizadora, de su voluntad de servirse sin exclusiones y sin escrúpulos de toda la realidad como instrumento de trabajo, y en la medida en que muestran sus poderes omnímodos de creador, pues al no aparecer nunca como advenedizos, al estar tan perfectamente asimilados a su mundo verbal, esos hurtos literarios resultan tan necesarios a su ficción como los hurtos que perpetró en la historia, la geografía y los demás dominios de lo real y como sus propias invenciones. Es decir, interesan en la medida en que esos plagios confirman su genio.

Una creación desinteresada. Todopoderoso porque se vale de todo para su empresa, omnisciente porque su mirada abarca desde lo más infinitamente pequeño hasta lo más infinitamente grande, ubicuo porque está en lo más recóndito y en lo más expuesto de su mundo, Martorell es también un novelista desinteresado: no pretende demostrar nada, sólo quiere mostrar. Lo que significa que, aunque está en todas partes de esa realidad total que describe, su presencia es (casi) invisible. La ignorancia que reinaba en torno a la novela de caballerías hizo posible que se tuviera a Flaubert por el fundador de la noción de objetividad en la creación novelística. En realidad, el solitario de Croisset resucitó, perfeccionó, modernizó algo que se insinuaba ya en las novelas de caballerías y que aparece más notoriamente que en otras en *Tirant lo Blanc:* la ficción como realidad autosuficiente, la desaparición del narrador del mundo de lo narrado. La novela total es una representación de la realidad a condición de ser una creación autónoma, un objeto dotado de vida propia. Si el espectador percibe al apuntador asomando entre bambalinas para dictar sus papeles a los actores la ilusión de la representación se rompe; si el lector divisa al autor interviniendo, actuando vicariamente, agazapado detrás de los personajes, la ficción se derrumba, pues quiere decir que esos seres no son libres y que la libertad del lector tampoco es respetada, que se le quiere hacer cómplice de un contrabando, imponerle ideas y credos que para que le resulten más digeribles vienen disfrazados de fábulas.

Flaubert fue el primero en razonar lúcidamente sobre la necesidad de abolir al autor para que la ficción parezca depender sólo de sí misma y comunique al lector la perfecta ilusión de la vida, el primero en buscar conscientemente una técnica narrativa destinada a tal fin: «El autor debe estar en su obra como Dios en el Universo, presente en todas partes y visible en ninguna parte», escribió a Louise Colet el 9 de diciembre de 1852. Pero cuatro siglos antes Martorell ya intuyó que la autonomía de su ficción era la condición de su existencia, que para que su mundo *viviera* ante el lector, él debía desterrarse, o por lo menos esconderse. La realidad creada por él debía parecer *desinteresada.* El primer requisito para que un autor sea invisible es que sea imparcial (que lo parezca, en todo caso) frente a lo que ocurre en el mundo de la ficción. Martorell, ya lo vimos al hablar del amor en la novela, mantiene por lo general una actitud neutral respecto de lo que cuenta. Sus opiniones personales están tan hábilmente incorporadas a la anécdota que es difícil detectarlas. Resulta evidente que a veces un sentimiento de clase es más fuerte en él que la «conciencia profesional», como cuando rompe su estratégica reserva de autor para manifestar su odio a los juristas solidariamente con el Duc de Lencastre, y está claro también que participa del resentimiento de sus compatriotas contra los genoveses, pues además de colocarlos siempre en el bando de los infieles, en contra de la verdad histórica, no vacila en meter la cabeza en la novela para llamarlos «malos cristianos». Pero esas intromisiones de autor son escasas, y la mayoría se concentran en la última parte del libro, sobre todo durante los episodios africanos, lo que pudiera significar que la responsabilidad principal de ello incumbe a Martí de Galba. Incluso en el plano religioso, en el que para un autor de la Edad Media es muy difícil simular una actitud neutral, *Tirant lo Blanc* resulta sumamente equilibrada: los infieles tienen tantas ocasiones como los cristianos de exponer sus ideas, y sus discursos, desafíos y cartas de batalla no son nunca caricaturales, o lo son en la medida en que lo son también los de los cristianos. Es verdad que aquéllos pierden más batallas, pero Martorell consigue hacer creer al lector que las cosas ocurren así no por la voluntad del autor, sino por culpa de los propios árabes.

Ahora bien, ser imparcial no es ser indiferente: en el caso de Martorell quiere decir exactamente lo contrario. Si hay algo de lo que podemos estar seguros respecto de él a través de su novela es de su pasión narrativa. El placer de contar que se transparenta en esta selva de historias (y que contagia a los personajes, que no cesan de contarse historias unos a otros) es otro de los motivos de la relativa invisibilidad de Martorell, otra clave de su éxito en la creación de una realidad sin hilos, no empañada por la presencia intrusa del autor. Ávido de contar, no tiene tiempo para opinar; al abandonarse al placer de narrar, se extravía en la selva que su pluma va creando hasta desaparecer en ella, y sólo lo divisamos de cuando en cuando (por ejemplo, cuando interviene en primera persona para indicar que «deixe de recitar per no tenir prolixitat» las cosas que hablaron el Mestre de Rodas, el Rei, Felip y Tirant), reapareciendo un instante en medio de un claro, perdiéndose de nuevo en la maraña.

2. UNA REALIDAD «DISTINTA»

PERO ADEMÁS de parecernos soberana, emancipada de su creador, la realidad de *Tirant lo Blanc* nos convence de que está viva; refleja la realidad que le sirvió de modelo no como un cuadro, sino como un espectáculo, es una representación viviente. El poder de persuasión de un creador está en relación directa con su poder de convicción, su capacidad de convencer depende de su capacidad de creer. Martorell, este imparcial, cree ciegamente en lo que cuenta (en el peor de los casos hace creer que cree, pero aquí importa lo mismo). ¿Cómo ha conseguido transmitir esa fe que da movimiento, vibración, imprevisibilidad, espontaneidad, a ese mundo verbal liberado de él, en qué forma ha dotado a esa realidad de palabras de un poder de persuasión propio? ¿Por qué goza su ficción de vida autónoma? Porque es diferente de su modelo, porque se ha alejado de aquello que representa hasta convertirse en algo distinto. En *Tirant lo Blanc* se ve admirablemente esa relación dialéctica entre literatura y realidad, que exige de la ficción un distanciamiento de aquello que expresa para expresarlo vívidamente. La condición de la fidelidad en este caso es la traición. Porque la representación de la realidad total que puede dar una novela es ilusoria, un espejismo: cualitativamente idéntica, es cuantitativamente una ínfima partícula imperceptible confrontada al infinito vértigo que la inspira. Da la impresión de ser un caos tan vasto como el real, pero no es ese caos; representa la realidad porque tomó de ella todos los átomos que componen su ser, pero no es esa realidad. Su diferencia es su originalidad.

Ya hemos visto cómo Martorell recogió todos los materiales para su obra de la realidad total de su tiempo; veamos ahora cómo los seleccionó, combinó y adulteró para crear una realidad total, única, original.

El elemento añadido. Única, original: provista de unas leyes, unas maneras, unos significados, una coherencia y un orden que le son propios. ¿Cuáles son las características más sobresalientes de esta realidad «distinta»? En el mundo de *Tirant lo Blanc* es natural que un león haga de mensajero y lleve entre sus colmillos una carta de batalla al rey, y que haya muchachas tan blancas que se ve pasar el vino por su garganta, como la infanta de Francia. Un vistazo en la penumbra basta a un hombre para saber que las dueñas y doncellas que están en el aposento son ciento setenta, ni una más ni una menos; un caballero puede lidiar solemnemente con un perro, pero jamás con un plebeyo; no es sorprendente que la estatura de alguien (Tomàs de Muntalbà) sea tal que un ser normal como Tirant le llegue a la cintura. Un temperamento sentimental y sanguíneo es el más común: los guerreros lloran como criaturas y se desmayan de amor, o los arrebatan cóleras que les «revientan la hiel» y los matan, como a Kirieleison de Muntalbà y al Duc d'Andria. Aquí pasa el tiempo, pero los seres no parecen envejecer ni perder su lucidez ni su fuerza, y aunque beben y se reproducen, los hombres aparentemente nunca se embriagan ni crece el vientre de las madres, porque ni la embarazada ni el borracho aparecen jamás. Se vive para gozar y se goza matando, adornándose y fornicando, en este orden de importancia. Los hombres gozan tanto o más que las mujeres adornándose; violentos en el campo del honor, impetuosos en las alcobas, son también unas damiselas de una coquetería aterciopelada que aman los trapos, las joyas y los afeites casi tanto como la matanza.

Pero, por encima de todo, aman los ritos, el ceremonial: la forma justifica o invalida su mundo, ella da sentido a los actos. Antes de un duelo, Tirant simula proponer a su adversario «pau, amor e bona amistat» y hace esto «per guanyar a nostre Senyor de sa part»; como Tirant vence y Dios conoce las intenciones ocultas bajo las palabras, cabe entender que aquí hasta la divinidad se interesa exclusivamente por las apariencias. El señor de Agramunt ha jurado que todos los infieles de la ciudad de Montàgata «pasarán bajo su espada», pero éstos se convierten al cristianismo gracias al ingenio de Plaerdemavida: ¿qué hará para cumplir su juramento sin volverse un genocida de cristianos? Él y Tirant sostendrán en alto la espada y los habitantes de Montàgata desfilarán bajo el arma: la promesa queda así (formalmente) cumplida. Al llegar a Grecia Tirant estima impropio que «la filla qui és succeïdora en l'Imperi sia nomenada Infanta» y pide al emperador que en adelante se la llame princesa: el cambio de apelativo es en realidad un cambio del ser. En este mundo ritual no es el contenido el que determina la forma, sino ésta la que crea el contenido. Por eso la condesa golpea al niño recién nacido para que llore por la partida de su padre, Guillem de Varoic; no importa que la criatura no sienta tristeza alguna: su llanto *es* la tristeza. Por eso todas las doncellas que aparecen son «las más bellas del mundo», por eso la emperatriz es llamada incluso en sus noches adúlteras «señora virtuosa»; por eso a cada momento los ojos de los personajes «destilan vivas lágrimas». Las palabras no nos dicen a nosotros lo que quieren decir en ese mundo. Allá ser doncella es ser *siempre* la más bella del mundo, y si se es señora se es *fatalmente* virtuosa, se haga lo que se haga, y la única manera posible de emocionarse es destilando vivas lágrimas por los ojos. Si los personajes hablan tanto, si los adversarios se eternizan cambiando desafíos escritos y orales antes de pasar a la acción (como le ocurrió en vida a Martorell) y los enamorados postergan la consumación física del amor con interminables discursos, es porque, en esta realidad formal, el lenguaje es una fuente inagotable de felicidad, el instrumento primordial del rito, la materia con que se fabrican las fórmulas: él embellece o afea los actos, él funda los sentimientos.

También la religión importa por razones estéticas y hedonistas; suministra procesiones, misas, acciones de gracias, bautizos, conversiones: multitud de ceremonias, multitud de goces. Uno de los oficios más dignos de este mundo es la alcahuetería. La alcahueta principal de la novela es la joven, bella, inteligente Plaerdemavida, amada por todos los que la rodean; pero también son alcahuetes en algún momento todos los personajes importantes. Tirant, por ejemplo, practica la tercería en grados diversos con Felip y Ricomana, Escariano y Maragdina, Justa y Melquisedec, Plaerdemavida y el señor de Agramunt, y Diafebus y Estefania colaboran con Plaerdemavida en facilitar la conquista de Carmesina por Tirant. ¿Por qué es un oficio tan practicado la alcahuetería? Porque es una forma de estrategia y de este modo se parece a la guerra, la diversión principal de este mundo: Tirant forja el matrimonio del avaro Felip con la infanta Ricomana mediante astucias y emboscadas semejantes a las que emplea para derrotar a sus enemigos. Casar y guerrear son para él maneras de gozar.

3. LA ESTRATEGIA NARRATIVA

SELECCIONAR DENTRO de los materiales de la realidad aquellos que serán la materia prima de la realidad que creará con palabras, acentuar y opacar las propiedades de los materiales usurpados y combinarlos de una manera singular para que esa realidad verbal resulte original, única, es el aspecto irracional de la creación de una novela, una operación condicionada por las obsesiones del novelista, el trabajo que realizan sus demonios personales. Hacer brotar la vida en el material seleccionado y preparado por los fantasmas de su vida interior es, en cambio, el aspecto racional de la creación, lo que depende únicamente de la inteligencia, la terquedad y la paciencia del novelista (estos dos aspectos de la creación no son, desde luego, separables en la práctica). La vida brota en la ficción gracias a una distribución, a un orden, a una manera de presentación de esa materia prima: es lo que se llama la «técnica» de un novelista, lo que el vocabulario de moda denomina la «estructura» de una novela. Si en Martorell se encuentra ya formulada la ambición totalizadora del suplantador de Dios, esa concepción de la novela total que ha originado las más osadas creaciones novelísticas, desde el punto de vista de su construcción, *Tirant lo Blanc* es todavía más actual, porque los procedimientos y métodos de organización de la materia narrativa de Martorell anuncian casi toda la estrategia de la novela moderna.

Los cráteres activos. A diferencia con lo que ocurre en un poema plenamente logrado, que su contenido emocional y sus tensiones internas (sus vivencias) se hallan por lo general parejamente distribuidas desde su iniciación hasta su fin, las corrientes anímicas de una novela (sus vivencias) siguen una línea fluctuante, desigual, debido a los irremediables «tiempos muertos», aquellos episodios indispensables, pero que tienen un valor puramente relacional, porque carecen de vida propia y sólo sirven para esclarecer o emparentar a los episodios esenciales, que sí la tienen. Estos últimos son los «cráteres activos» de una novela, aquellos puntos donde se registra una fuerte concentración de vivencias. Focos ígneos, derraman un flujo de energía hacia los episodios futuros y anteriores, impregnándolos de vitalidad cuando no la tienen, entonándolos cuando sus vivencias son débiles. Ninguna novela mantiene una misma sostenida vivencia de principio a fin: su grandeza consiste en la existencia de un mayor número de «cráteres activos» en el espacio narrativo, o si no, en la intensidad de sus núcleos de energía.

Episodios a imagen y semejanza de la novela. En *Tirant lo Blanc*, la formidable pretensión del conjunto de la obra —imponerse como una realidad total única que a la vez es representación de la realidad total, a la que refleja ilusoriamente en sus enormidades y minucias y a todos sus niveles— tiene su réplica o equivalencia en las partes esenciales que la componen. Novela concebida a imagen y semejanza de la realidad, sus «cráteres activos» están concebidos a imagen y semejanza de la novela. El emblema de su construcción podría ser un gran círculo que hospeda sucesivos círculos concéntricos, o, tal vez, una espiral. Cada «cráter activo» es una imagen reducida de la complejidad y multiplicidad del todo, porque cada episodio esencial es una pluralidad que representa un fragmento de realidad total, con sus contradicciones, ambigüedades y múltiples niveles, tan eficazmente como el todo a la realidad total. En dos de los episodios esenciales de *Tirant lo Blanc* puede observarse el funcionamiento de los procedimientos técnicos de Martorell que me parecen decisivos en su novela: la aparición de Carmesina y el enamoramiento de Tirant y las bodas sordas. Estos dos episodios no son, naturalmente, los únicos «cráteres activos» del libro, pero pueden servir de indicio suficiente para descubrir el mecanismo que mueve al conjunto, porque en ambos esos procedimientos operan de la manera más eficiente y porque en ellos se aprecia más llamativamente que en otros la seguridad, la sutileza y la pericia con que Martorell organiza su materia narrativa para que brote en ella la vida. Tienen en este sentido un valor ejemplar en relación con los demás. Conviene señalar, de paso, que la división real de la novela en episodios esenciales y relacionales, en «cráteres activos» y tiempos muertos, no corresponde a la división en capítulos con que fue editada. ¿Fue Martorell el que impuso esa división en capítulos caprichosa y a veces disparatada, fue Martí de Galba o fue el editor?

La aparición de Carmesina y el enamoramiento de Tirant: la muda o salto cualitativo y los vasos comunicantes. Este episodio se inicia al final del capítulo CXVI («que un matí se trobaren davant la ciutat de Constantinoble») y termina con el primer párrafo del CXIX («... porem donar remei a la vostra novella dolor»). Su materia es la siguiente: recién llegado a Constantinopla, Tirant es recibido solemnemente por el emperador, que lo nombra capitán imperial y lo lleva al palacio donde la emperatriz y la infanta Carmesina guardan luto estricto por la muerte del príncipe heredero. Tirant ve a Carmesina y se enamora de ella, luego ordena que se levante el duelo y después se retira a su posada herido de amor. Allí lo encuentra su primo y compañero de armas Diafebus, a quien confiesa su pasión y quien lo consuela y anima. Esta materia está descompuesta en la narración en planos cualitativamente distintos que se cruzan y descruzan hasta constituir una perspectiva múltiple y contradictoria, cambiante, alternativamente vertical y horizontal, poliédrica, que agota (parece agotar) todas las direcciones, secretos y sentidos de lo narrado. A lo largo del episodio el eje de la narración rota imperceptiblemente por cuatro comarcas de lo real, lleva y trae al lector por cuatro estratos u órdenes de realidad, de modo que ese discreto pero constante trajín, le permita atrapar ese fragmento de realidad en su complejidad y diversidad: en su totalidad. La narración ha integrado en una indiferenciable fluencia, en una unidad, cuatro planos, cuatro dimensiones de lo real:

a) *Un nivel retórico,* que puede llamarse también general, abstracto o filosófico, y que asoma en los momentos impersonales del episodio, cuando la narración es pura *voz.* Lo componen los discursos: el del emperador celebrando la llegada de Tirant, el de Tirant agradeciendo su nombramiento de capitán de las armas y de la justicia, el de Tirant en el palacio sobre las razones que tienen deprimida a la población del Imperio y el de Diafebus exhortando a Tirant a vencer el abatimiento en que lo ha sumido el amor. En ninguno de estos momentos hay narración de hechos; la acción ha sido reemplazada por consideraciones que adoptan siempre el carácter más general y convencional: con el pretexto de dar la bienvenida a Tirant, el emperador discurre sobre la nobleza del caballero que acude en socorro de quien necesita de su brazo; al urgir a la familia imperial a abandonar el luto para animar a la población, Tirant reflexiona, en realidad, sobre la unión visceral que existe entre el monarca y sus súbditos y sobre los deberes de aquél para con éstos, y consolar a Tirant es el subterfugio que permite a Diafebus glosar a Aristóteles y hablar sobre la fatalidad del amor y las tácticas del varón en la guerra amorosa.

En estos discursos los personajes no dialogan, en cierto modo ni siquiera hablan: recitan. No son personajes: sólo voces, en verdad una sola voz. No expresan opiniones personales; mientras pronuncian esos discursos se desindividualizan, adoptan una postura, un registro sonoro común en el que se disuelve su personalidad y adquieren otra, general y ruidosa, que los indiferencia y desvanece como individuos. Sus discursos son canjeables, partes de un solo largo, desmembrado, salpicado discurso, y en el instante de decir la parte que les toca, todos los personajes son uno, es decir ninguno, es decir todos: son la época, el momento histórico que viven, el mundo que los alberga. Y esa voz sin matices que habla a través de ellos, que por momentos los convierte en ventrílocuos, dice lo que siente, piensa, cree la comunidad: esta abstracción populosa es la que opina, dogmatiza, pontifica a través de *la voz*. La misma voz que, a lo largo de la novela, dicta las alambicadas frases de las cartas de batalla y de los desafíos orales, la que arma los artificiosos razonamientos que se emiten durante las ceremonias, la que fabrica las enredadas fórmulas de la vida cortés, la que se explaya sobre asuntos religiosos y cuenta la historia y explica los símbolos de la caballería. Es la ideología oficial de un mundo, las convenciones religiosas, culturales, sociales y morales que la sociedad ha entronizado y legitimado (y que no son necesariamente en la práctica las convicciones de los individuos de esa sociedad, como la novela lo muestra, al describir conductas que contradicen las ideas que dicen profesar los personajes), la superestructura espiritual lo que se expresa en este *nivel retórico* en el que se sitúa por momentos la novela. Es el nivel más fácilmente perceptible, porque se encarna casi siempre en formas dadas, como el discurso o el documento, y además porque en ese nivel el lenguaje adquiere características muy precisas: estiramiento, erudición, inmovilidad, frondosidad, chatura conceptual. Siempre que es proyectada a ese nivel, la acción de la novela se generaliza y descarna, se vacía de sangre y de emoción, la recorre un frío glacial que, por un momento —hasta que se produce la muda o salto cualitativo a otro plano de realidad—, debilita hasta casi anularlo su poder de persuasión y amenaza con helar a los personajes. Pero que el nivel retórico sea el menos vital, el más mecánico de los niveles de realidad entre los que se mueve la narración, no significa que sea menos real: esa pura emisión de conceptos convencionales es el telón de fondo contra el cual se dibujan las individualidades, el que permite establecer diferencias entre los personajes, el factor gracias al cual es posible medir, por contraste o parecido con los modelos ideales instituidos por la sociedad, la conducta personal: el grado de rebeldía o conformismo de cada cual, la manera como administra cada uno el margen de libertad que le dejan esas coordenadas entre las que se mueve. En este episodio, el contraste entre el nivel retórico y los otros es más fuerte, por la impetuosa carga emocional que contienen estos últimos. Ese contraste es revelador: exhibe el desajuste que hay entre la teoría y la práctica, entre los fetiches y los hombres en la sociedad de Tirant.

b) *Un nivel objetivo*, que se manifiesta en los momentos en que la narración describe lo real como pura exterioridad. Los personajes se convierten en ojos y oídos, el relato en fotografía y grabadora, el mundo se reduce a lo visual y lo auditivo. Este nivel asoma cuando Tirant, guiado por el emperador, entra a la cámara de la emperatriz, que «era molt escura sens que ni hi havia llum ni claredat neguna». Se oyen unas voces (distintas de *la voz,* diferenciables entre sí): la del emperador, la desmayada voz de la emperatriz, la de Tirant pidiendo una «antorxa encesa». Al igual que Tirant, el lector flota un momento sin rumbo entre los ruidos humanos que brotan en la oscuridad, pero luego, en un largo párrafo de una objetividad impecable, es instalado en los ojos de Tirant y con éste, al chisporroteo de la antorcha, «véu un papalló tot negre... véu una senyora vestida tota de drap gros... véu un llit (donde la infanta) estava gitada... ab brial de setí negre...», y al pie de su cama «véu estar cent setanta dones e donzelles». La precisión numérica final no sólo indica la facultad de Tirant de averiguar con una simple ojeada el número exacto de personas que componen una multitud; sobre todo, subraya el prurito de objetividad que anima en este momento al narrador. El lector se entera de lo que se ve y se oye en el cuarto, nada más; ignora los pensamientos y los sentimientos que inspiran a Tirant las imágenes y las voces que percibe. En este momento (y en todos los momentos en que se sitúa en el nivel objetivo) la novela es realidad sensorial compacta, mundo conformado por objetos y seres que son sólo forma, color, gesto, tamaño. Luego el eje de la narración se aparta de Tirant y el lector ve, de lejos, que aquél hace una reverencia a la infanta, que le besa la mano, que abre las ventanas de la cámara. Y en ese instante la narración cambia súbitamente de nivel, el lector es precipitado a través de esa superficie que era el mundo a una dimensión íntima, no conformada por actos, sino por sensaciones, sentimientos y emociones.

c) *Un nivel subjetivo.* Al abrirse las ventanas «aparegué a totes les dames que fossen eixides de gran captivitat per ço com havia molts dies que eren posades en tenebres per la mort del fill de l'Emperador». Una frase como un breve fogonazo ha provocado un cambio cualitativo en la realidad, ésta ha mudado de naturaleza, ha saltado a una dimensión hasta entonces oculta. Pero inmediatamente después de esta frase la narración regresa al nivel retórico, en un nuevo salto o muda, y el lector oye a Tirant, convertido en *la voz* impersonal, razonar sobre la tristeza del pueblo y aconsejar a la familia imperial que cese el duelo, y *la voz* pasa entonces por unos segundos a la boca del emperador para decir que estima bueno el consejo. Entonces, nuevamente, tiene lugar otro salto o muda, la narración cambia una vez más de nivel, regresa a esa dimensión subjetiva que había aparecido y desaparecido y ahora reaparece: «Dient l'Emperador tals o semblants paraules les orelles de Tirant estaven atentes a les raons, e los ulls d'altra part contemplaven la gran bellea de Carmesina». Tirant era un oído y una mirada indivisibles al entrar a la cámara, luego una voz que se confundía con las convenciones de su tiempo, ahora es dos cosas a la vez: una oreja atenta al emperador, unos ojos que espían a la infanta. Ha ocurrido en él una duplicidad, un desgarramiento, y por esa resquebrajadura de su ser, que hasta ese instante era sólo presencia física, acto, sentidos y vehículo de *la voz,* porque sólo estaba descrito en los niveles retórico y objetivo, el lector va a irrumpir en su mundo interior y va a descubrir su vida afectiva. Orejas pendientes del emperador, ojos pendientes de los pechos desnudos de Carmesina, Tirant es dos: uno para el emperador, otro para el lector. Hasta entonces, lo que Tirant hacía, oía, veía y decía era advertido por el lector y también por el emperador y la demás gente que se halla en la cámara del palacio. A partir de ahora, ya no: algo sucede en Tirant que permanece escondido para todos los presentes, que sólo el privilegiado lector comparte con él; algo que no se puede oír ni ver, que pertenece a un estrato impalpable de lo real: lo que Tirant siente. La subjetividad se ha instalado en este mundo, la realidad ha crecido. Los hombres ya no sólo son acto, percepción y ventriloquia; ahora son también asiento de procesos misteriosos que los abruman o exaltan, víctimas de fuerzas incontrolables que los hacen gozar o sufrir. Procesos subjetivos que sólo se pueden expresar subjetivamente: los pechos de Carmesina son «dues pomes de paradís que crestallines parien, les quals donaren entrada als ulls de Tirant, que d'allí avant no trobaren la porta per on eixir, e tostemps foren apresonats en poder de persona lliberta, fins que la mort dels dos féu separació».

d) *Un nivel simbólico o mítico.* Luego de describir alegóricamente el intempestivo, fatídico enamoramiento de Tirant y de indicar que se ha levantado el duelo, la narración traslada al lector, junto con el emperador, la emperatriz, Carmesina y Tirant a otra habitación del palacio, y este cambio de lugar es importantísimo, porque implica una nueva muda o salto cualitativo, esta vez a un nuevo plano de realidad. ¿Qué tiene de particular esta habitación? No que esté «molt ben emparamentada», sino que está «tota a l'entorn hestoriada de les següents amors: de Floris e de Blanxesflors, de Tisbe e de Píramus, d'Eneas e de Dido, de Tristany e d'Isolda, e de la reina Ginebra e de Lançalot, e de molts altres». Esos enamorados mitológicos, esas parejas arquetípicas de la literatura medieval, están en las paredes de la habitación como elementos decorativos, pero en la narración cumplen otra función: son símbolos premonitorios. Tirant acaba de enamorarse de Carmesina; no es casual que un momento después él y la infanta se hallen rodeados de las imágenes de esas parejas que encarnan ante la mente medieval la pasión inefable, la idea misma del amor. Esa breve frase está llena de sobrentendidos proféticos, de contraseñas mágicas, y su mensaje oculto es el siguiente: el amor que acaba de nacer está llamado a inscribirse también, como esos amores pintados en las paredes, en el mundo eterno del mito y la leyenda, a perdurar fuera del tiempo, a convertirse a su vez en símbolo.

Ha aparecido así la dimensión simbólica o mítica de lo real, que ya se había hecho visible en la novela antes, cuando el ermitaño Guillem de Varoic evocó a los «valentíssims cavallers, los quals foren Lançalot del Llac, Galvany, Boors e Perceval, e sobre tots Galeàs, qui per virtut de cavalleria e per sa virginitat fon mereixedor de conquistar lo Sant Greal», y con los episodios de la Roca, y que más tarde volverá a instalarse en la novela con la llegada de Morgana y la aparición del rey Artús en la corte de Bizancio, y con la aventura del caballero Espèrcius en la isla del Llango. Ahora la realidad no sólo está hecha de convenciones (nivel retórico), de acciones (nivel objetivo), de sentimientos (nivel subjetivo), sino también de un nivel intemporal (simbólico o mítico), al que ciertas acciones y sentimientos se elevan por su cualidad inusitada y grandiosa para durar eternamente en las mentes, los corazones y las creencias de los hombres.

Así, la realidad ha ido extendiéndose a lo largo del episodio, descubriendo los diversos planos que la componen, y éstos, al cruzarse y descruzarse mediante mudas o saltos, han ido modificándose, enriqueciéndose mutuamente, porque las tensiones y cualidades propias de cada uno circulaban por los otros como el líquido por un sistema de vasos comunicantes. Porque lo que sucede en cada uno de estos planos sólo es plenamente inteligible desde la perspectiva de los otros, y esta interacción dinámica que encadena a convenciones, actos, sentimientos y símbolos hace de ellos elementos de un todo inseparable: de su alianza brota la vida. La maestría técnica de Martorell restituye en el momento de la narración esa perfecta unidad de la diversidad, esa diversidad de la unidad que caracteriza lo real, gracias al empleo simultáneo de los dos procedimientos: *la muda* o *salto cualitativo,* que separa, aparta, distingue en la realidad los diferentes planos que la componen, y *los vasos comunicantes,* que unifica, reúne, integra los elementos en una sola fluencia: de esa doble operación nace la vivencia como la chispa del frote de dos piedras. La narración pasa de un nivel a otro de una manera que sólo registra la lectura calculadora, desconfiada y cirujana del crítico; pero en la lectura desprevenida, desinteresada e inocente del lector, esas idas y venidas no se advierten. Se advierten, sí, las consecuencias de los tránsitos: el movimiento, la ambigüedad, la profundidad, la animación de que dota al episodio esa perspectiva móvil. Las mudas o saltos generan átomos de energía que los vasos comunicantes distribuyen por los diversos planos, y al chocar entre sí y fundirse en unidades de energía cada vez mayor que siguen desplazándose al compás de esta perspectiva itinerante, estos átomos desatan el incendio generalizado que imprime a ese fragmento de realidad esa cálida fluencia interior que se llama la vida. Los cambios de perspectiva obedecen a una estricta necesidad, están graduados de tal modo que resultan siempre iluminadores, porque aportan un elemento nuevo o introducen una modificación indispensables a la comprensión total de la realidad descrita. Eso da coherencia al relato, verosimilitud a lo narrado, precisión y transparencia a la dicción.

El procedimiento de la muda o salto cualitativo es frecuente en la novela de caballerías, donde la realidad pasa constantemente de un nivel racional a un nivel irracional, de un plano histórico a un plano maravilloso, pero en ninguna obra caballeresca es utilizado con la eficacia que en *Tirant lo Blanc*. Alterar imperceptiblemente la naturaleza de una realidad, someter a mudas silenciosas una situación, reemplazando su contenido inicial por otro distinto sin que la apariencia exterior del relato registre la sustitución o la registre cuando el lector está

54

ya empapado por la nueva materia, desarmado, sin fuerzas para rechazar esa distinta dimensión de lo real que le ha sido comunicada sin anuncio, es la estratagema más empleada por los autores del género fantástico, el recurso gracias al cual el lector *acepta* el destino de pesadilla de los personajes de Kafka, *cree* que el hombrecillo de Cortázar que visita el Jardin des Plantes acaba por convertirse en una bestiecilla acuática, *admite* que el mareo singular del héroe sórdido de Céline que cruza el canal de la Mancha se propague y transforme en un gran vómito universal en el que la humanidad entera parece arrojar las entrañas. En Martorell esta organización de la materia narrativa tiene ya la flexibilidad, la funcionalidad que tendrá más tarde en manos de los maestros de lo insólito, que harán de la muda o salto cualitativo el procedimiento básico para conseguir el asentimiento del lector hacia sus alucinadas criaturas y sus macabras visiones.

En cuanto al principio de los vasos comunicantes aplicado a la ficción, ha llegado a ser tan corriente en la narración moderna, a identificarse tanto con la técnica de la novela, desde que Flaubert lo empleó en el célebre capítulo de «Los comicios agrícolas» de *Madame Bovary*, narrando simultáneamente el diálogo amoroso de una pareja y la farsa electoral que ambos observan al pie del balcón donde se hallan, hasta su utilización por Faulkner, que llegó a montar toda una novela sobre este procedimiento —*The wild palms,* donde las historias entrelazadas e independientes de la pareja adúltera y del presidiario se convierten, por obra de la construcción, en el anverso y reverso de una sola misteriosa historia—, que la crítica olvida con frecuencia señalar que ya aparece en la novela clásica. Asociar, dentro de una unidad narrativa, episodios que ocurren en tiempo o/y espacio diferentes, o que son de naturaleza distinta, de modo que las tensiones y emociones particulares a cada episodio pasen de uno a otro, iluminándose, esclareciéndose mutuamente, para que de estas mezclas brote la vivencia, es uno de los recursos que ya utilizó Martorell.

Las bodas sordas y el sueño de Plaerdemavida, la caja china y los vasos comunicantes. Las bodas sordas que celebran Tirant y Carmesina, Diafebus y Estefania en un aposento del castillo de Malveí, espiados por Plaerdemavida (el episodio comienza a la mitad del capítulo CLXII, «Com fon nit e l'hora fon disposta...», y termina a la mitad del CLXIII, «Per cert, fort dolor és al despertar qui bon somni somia»), constituyen uno de los episodios más logrados de la novela, por la riqueza de su materia, su lujosa, alborozada sensualidad, su libertad moral, y por la sabiduría de su composición. Una imaginación osada se alía aquí a un dominio excepcional de la técnica narrativa. Martorell cruza los planos temporales, modifica el punto de vista de la narración, combina los elementos eróticos, sentimentales, humorísticos y psicológicos con una inteligencia sin falla para sacar el máximo provecho de los contenidos anímicos de la materia utilizada.

Es preciso desmontar y armar el episodio para comprobar la habilidad con que está concebida su estructura. La materia es la siguiente: Carmesina y Estefania introducen a Tirant y a Diafebus en un cuarto del castillo cuando la demás gente está dormida. Allí, sin saber que Plaerdemavida las espía por el ojo de la cerradura, las dos parejas pasan la noche entregadas a juegos amorosos, anodinos en el caso de Tirant y Carmesina, definitivos en el de Diafebus y Estefania. Al amanecer, los amantes se separan y, horas después, Plaerdemavida revela a Carmesina y Estefania que ha sido testigo ocular de las bodas sordas.

El orden cronológico real de los sucesos es: 1) introducción de Tirant y Diafebus en el aposento (pasado); 2) juegos amorosos (presente), y 3) revelación de Plaerdemavida (futuro). Ahora bien, en la novela el episodio está referido de manera discontinua, según un ordenamiento temporal distinto del real. La narración relata los preliminares, la decisión de Carmesina y Estefania de introducir a Tirant y Diafebus en el aposento para decidir «quin remei porien pendre en llurs passions», explica cómo Plaerdemavida, viendo que la princesa no se quiere acostar y sintiéndola luego perfumada, sospecha que «s'hi havia de celebrar festivitat de bodes sordes», y simula dormir, y cómo Estefania, cuando cree que todas las doncellas están dormidas, hace entrar a los dos amantes sigilosamente. El relato prosigue, hasta ahora dentro del orden real de los sucesos, refiriendo el deslumbramiento de Tirant al divisar a la princesa bellamente ataviada, y cómo aquél cae de rodillas a sus pies y le besa las manos. Y aquí, bruscamente, se produce una ruptura temporal: «E passaren entre ells moltes amoroses raons. Com los paregué hora de poder-se'n anar prengueren llur comiat, e tornaren-se'n en la llur cambra». El relato salta al futuro, dejando en el abismo silenciado del presente una ambigua y sabia interrogación: «¿Qui pogué dormir aquella nit, uns per amor, altres per dolor?». Martorell no olvida al lector: esta distorsión temporal está destinada a crear una expectativa, una ansiedad, un apetito, a interesar más profundamente en el relato al que lee, estimulando su imaginación y excitando su impaciencia.

Luego la narración lleva al lector a la mañana siguiente. Plaerdemavida se levanta, entra al aposento de la princesa y halla a Estefania «asseita en terra, e les mans no li volien ajudar a lligar lo capell: tant estava de bona gana tota plena de lleixau-me estar». He aquí un nuevo aguijón en el espíritu del lector, una nueva ambigüedad para azuzar su curiosidad y su malicia: ¿qué ha ocurrido, por qué ese voluptuoso abandono de Estefania? Plaerde-mavida demora todavía un rato el instante de la confi-dencia, bromea con suave perversidad: ¿qué siente Este-fania?, ¿por qué ese semblante?, ¿y si fuera a morirse?, ¿no le duelen los talones? Ya que Plaerdemavida ha oído decir a los médicos que a «nosaltres, dones, la primera dolor nos ve en les ungles, aprés als peus, puja als genolls e a les cuixes, e a vegades entra en lo secret, e aquí dóna gran turment e d'aquí se'n puja al cap, torba lo cervell, e d'aquí s'engendra lo mal de caure». Alusiones, indirectas que van enardeciendo la atmósfera, impregnándola de un vaho excitante y malsano, de relentes pecaminosos. Y, por fin, Plaerdemavida, valiéndose de un ardid, reve-la a las dos mujeres que ha sido testigo de lo ocurrido la noche anterior. Ha tenido un sueño, dice, y en él vio ve-nir a Estefania con un «estadal encès» e introducir a Ti-rant y a Diafebus en el aposento. He aquí la segunda ruptura temporal. El relato retrocede del futuro al pre-sente, los juegos amorosos son revelados al lector a tra-vés del supuesto sueño que Plaerdemavida refiere a las dos princesas. Así pues, la distribución de la materia en el episodio es: 1) introducción de Tirant y Diafebus (pa-sado); 2) revelación de Plaerdemavida (futuro), y 3) jue-gos amorosos (presente).

A esta primera complejidad en la construcción se añade otra: el cambio del punto de vista, la modificación del nivel de la narración. Todos los preliminares y lo que sigue a los juegos amorosos está contado por el narrador, corresponde al plano objetivo de la realidad, en tanto que el núcleo del episodio, los incidentes en el aposento —las caricias que cambian las parejas, las infructuosas tentativas de Tirant para poseer a Carmesina, el doloroso desfloramiento de Estefania— no son contados por el autor al lector, sino por un personaje, Plaerdemavida, a otros personajes de la novela, Carmesina y Estefania. La narración se ha trasladado al plano subjetivo de la realidad. Entre el lector y la materia narrativa ha surgido un intermediario: el plano objetivo desaparece, se cruza un plano subjetivo a través del cual pasa la materia antes de llegar al lector. En ese tránsito, como es lógico, la materia sufre modificaciones, se carga de elementos emocionales que no le son propios, que pertenecen al intermediario. Esta mezcla sutil es otro de los recursos más viejos de la novela y podría llamarse de «la caja china». Así como en esas cajas que, al abrirlas, aparece una caja más pequeña que a su vez contiene otra, etcétera, en las ficciones construidas según el sistema de la caja china, un episodio contiene a otro y a veces éste a otro, etcétera. *Las mil y una noches* son un ejemplo mayor de utilización de este procedimiento —Scherezada cuenta al sultán el cuento del mercader ciego en el que el derviche cuenta a otros personajes el cuento en el que, etcétera—, y es significativo que Martí de Riquer haya descubierto que el cuento del filósofo de Calabria, narrado en el capítulo CX de *Tirant lo Blanc,* es muy parecido al relato de la noche 459 de *Las mil y una noches.*

Martorell se vale del procedimiento de la caja china varias veces: las proezas de Tirant a lo largo del año y un día que duran las fiestas en la corte de Inglaterra son reveladas al lector a través del relato que hace Diafebus al Comte de Varoic; la captura de Rodas por los genoveses es narrada a través de la relación que de ese episodio hacen a Tirant y al duque de Bretaña dos caballeros de la corte del rey de Francia; la aventura del mercader Gaudebí es contada a través de una historia que cuenta Tirant a la Viuda Reposada. En el episodio de las bodas sordas el empleo de este recurso es más perfecto que en los otros, y más complejo, porque se combina con el empleo simultáneo de la muda o salto temporal, cruce de planos temporales (pasado-futuro-presente) y cambio de nivel de realidad (objetivo-objetivo-subjetivo).

Si el empleo del primer procedimiento tiene como finalidad manipular el ánimo del lector, prepararlo psicológicamente; sorprendiéndolo, intrigándolo, impacientándolo (esos trastornos anímicos del lector se vuelcan en la ficción, la materia narrativa se alimenta de esas emociones, extrae de ellas su propia vivencia) para el momento culminante del episodio, el segundo —la presencia del intermediario— tiene por objeto en este caso atemperar la crudeza de la materia, que, entregada directa y brutalmente a la experiencia del lector, podría provocar en éste un movimiento de rechazo, de incredulidad frente a lo que ocurre en la ficción: se rompería ese asentimiento del que depende la vida del relato. ¿En qué forma atempera la crudeza este intermediario, de qué modo salva la verosimilitud de lo narrado esquivando las prevenciones del lector? Gracias al humor, el elemento más disolvente y conformista, el contemporizador por excelencia. El largo monólogo de Plaerdemavida está lleno de la risueña desenvoltura, de la empecinada alegría que este personaje desplaza en todos sus actos y, gracias a su naturalidad, a las bromas y disfuerzos con que acompaña su relato, el «saborós plant» de Estefania, sus gemidos durante el desfloramiento pierden dramatismo, adquieren un aire ligero, superficial y admisible. El paso del nivel objetivo al subjetivo no es, sin embargo, absoluto; durante la evocación por Plaerdemavida de lo ocurrido la noche anterior, Martorell es lo bastante hábil para impedir que el lector olvide que simultáneamente está desarrollándose la acción en otro plano del relato, que ese presente (juegos amorosos) es evocado, que está visto desde un futuro; que Plaerdemavida está contándolo, y este plano objetivo aparece y desaparece en ciertos resquicios del plano subjetivo, a través de la princesa, quien, muerta de risa, interrumpe a Plaerdemavida y la exhorta a seguir contando o a dar más precisiones sobre su sueño.

Cruce de planos temporales, cambio de nivel de realidad: a esto hay que agregar aún la dosificación, la combinación sutil de los contenidos anímicos. Martorell recurre al humor en éste y en otros episodios (casi siempre los más osados), pero no deja que aquél «irrealice» los hechos, que los debilite hasta matar la vivencia. Por eso, en este episodio equilibra la función debilitadora del humor con la vigorosa energía de la sensualidad, con las exageraciones eróticas. El elemento erótico del episodio está dado no sólo por los hechos que suceden, es decir, por lo que Plaerdemavida «ha visto» en su sueño, sino también por lo que «ha sentido» (plano subjetivo): se inflamó tanto con el espectáculo, confiesa, que tuvo que correr a echarse agua en «lo cor, los pits e lo ventre» y luego no pudo dormir recordando lo soñado. De este modo queda revelado un rasgo esencial de la personalidad de Plaerdemavida. En el mismo episodio, la descripción de los juegos amorosos enjuicia, mostrando su infectividad, su carácter artificial e inhumano, uno de esos valores que en el plano retórico aparecen con más frecuencia y que, si uno tomara al pie de la letra los discur-

61

sos de los personajes, sería el fundamento moral más sólido de su mundo. El «honor» que tan tenazmente opone Carmesina al deseo de Tirant impide que le entregue su virginidad, pero la autoriza a aceptar todas sus otras fantasías sexuales. La existencia meramente retórica de ese valor, su encanallamiento y burla cuando pasa de la voz a los actos o a los sentimientos, queda así subrayada.

Al igual que la muda o salto cualitativo, el procedimiento de la caja china es utilizado según un sistema de vasos comunicantes que integra todas las partes del episodio en una unidad vital. Las tensiones y emociones de los diversos planos se funden en una sola vivencia, y las variaciones temporales adoptan la apariencia de una continuidad sin ruptura, de una totalidad cronológica, gracias a ese sistema de distribución de la materia, gracias a esa cuidadosa planificación. La caja china es también uno de los procedimientos más usuales de la novela moderna, en la que el intermediario, el testigo, es personaje esencial, establece la ambigüedad y la complejidad de lo narrado, él multiplica los puntos de vista, él matiza, profundiza y eleva a una dimensión subjetiva los actos que refiere una ficción. Para citar sólo un ejemplo mayor, conviene recordar que casi todas las historias de Faulkner no están contadas directamente al lector, sino que son historias que se van estructurando a través de historias que se cuentan entre ellos los personajes de la ficción.

QUE EN Martorell aparezca la ambición de escribir una novela total que caracterizará más tarde a los mejores narradores; que en su libro apunten técnicas que luego serán frecuentes en la novela, tendría un interés sólo anecdótico, si esta ambición y estas técnicas no le hubieran servido (a él solo, o a él y a Martí Joan de Galba, si es que la intervención de este último en la elaboración de la novela fue importante, lo que a mí me parece dudoso) para escribir un libro de la grandeza de *Tirant lo Blanc*. No son esta ambición y estas técnicas las que dan grandeza a esta creación, es esta creación la que da grandeza a esa ambición y a esas técnicas. Porque aquí, una vez más, se comprueba que una técnica no existe ni vale por sí misma, sino en función de la materia que organiza y que esta materia adquiere autonomía, representatividad y poder de persuasión suficientes para vivir por cuenta propia, cuando ha sido organizada del único modo posible para que brotara en ella la vida. *Tirant lo Blanc*, ese cadáver, está ahí, en su injusta tumba de olvido, esperando que entren por fin los lectores a su mundo de vida hirviente y prodigiosamente conservada.

Juan-les-Pins, agosto de 1968

MARTORELL Y EL «ELEMENTO AÑADIDO» EN *TIRANT LO BLANC*

SABEMOS POCAS cosas de la vida de Joanot Martorell, el autor de *Tirant lo Blanc,* y casi todas se refieren a duelos, o, más precisamente, a desafíos. Martí de Riquer extrae del análisis de las quince «cartas de batalla» que se conocen de Martorell, la silueta de un hombre de acción, malhumorado y belicoso: «El temperamento luchador y pendenciero de la familia, como el de tantos otros caballeros valencianos de la época, es también una característica de Joanot Martorell». Si se toman esas cartas al pie de la letra la conclusión es inobjetable y no hay duda de que el propio Martorell la suscribiría encantado. ¿Acaso no es él quien en todas las ocasiones, salvo en una, convoca a sus adversarios al campo del honor? ¿Acaso no exige siempre que los combates se celebren *a tota ultrança,* es decir a muerte? ¿Acaso su vocación beligerante no está de sobra demostrada en el hecho insólito de que rete a duelo, incluso, al emisario de un contrincante? A primera vista, en efecto, se trata de un personaje caballeresco poco menos que arquetípico, dispuesto en todo momento a sacar la espada y a esgrimir la lanza para ahogar en la sangre enemiga las afrentas a sus intereses y a su honor.

Y, sin embargo, una lectura desconfiada y milimétrica de las cartas de batalla de Joanot Martorell nos revela que, más profunda e imperiosa, pero también más elusiva y discreta que el amor a la acción y a la matanza, otra pasión alimenta esos textos: la de las formas de la acción, la del ritual que adorna la matanza. Es una pasión sutil, abstracta, inofensiva y puntillosa, que, simplificando, consiste en entender la vida como un juego de reglas laboriosas y estrictas y en preferir esas reglas al juego mismo y a sus resultados. El complicado ceremonial que las costumbres de la caballería habían establecido para los duelos, con sus locuaces preliminares de carteles de desafío y cartas de batalla, y las bizantinas negociaciones sobre el lugar y condiciones del combate y el nombre y rango de los jueces, ofrecían un asidero privilegiado para esa pasión de las formas, para ese amor del rito y de la regla de Joanot Martorell, y por eso —sin duda inconscientemente— se entregó a él. O, mejor aún, *se sirvió* de él.

No sabemos si alguno de los cuatro desafíos a los que se refieren esas quince cartas llegó a cristalizar efectivamente en un combate. Es seguro que el duelo con Jaume Ripoll no tuvo lugar, y en cuanto a los incidentes con Joan de Monpalau, Perot Mercader y Gonzalbo d'Íxer es posible, incluso probable, que tampoco culminaran en contiendas. Pero aun cuando hubiera corrido sangre, esto no invalidaría lo anterior. El juego que Martorell jugaba era arriesgado y ni siquiera él mismo tenía conciencia exacta de la curiosísima representación en que estaba empeñado. Además, para que un duelo sea sólo una fiesta verbal y ceremoniosa —es decir, para que delicadamente se transforme de fin en medio— se necesita la ayuda o al menos la tolerancia del contrincante; si no, el juego puede terminar en carnicería. Tal vez le llegó a suceder a Martorell en alguna ocasión.

Lo evidente, en todo caso, es que el primer adversario de Martorell de quien tenemos noticia, el caballero Joan de Monpalau, fue un intachable rival: aceptó las reglas del juego de Martorell y, a su vez, contribuyó con habilidad e ingenio a que el duelo se convirtiera, mediante aplazamientos, obstáculos formales y discusiones adventicias, en una inacabable ceremonia, a lo largo de la cual el asunto que lo había motivado no sólo quedó disuelto, sino que la supuesta meta, el combate, perdió su razón de ser. Como el incidente inicial, mudó en mero pretexto de sus prolegómenos, en algo adjetivo y prescindible.

Sin embargo, la raíz de este conflicto que se extiende y ramifica en una correspondencia que dura cerca de dos años (y es posible que fuera más larga) era suficiente para justificar un duelo: un asunto de honor. El caballero Joan de Monpalau, primo segundo de Martorell, había prometido matrimonio a la hermana menor de éste, Damiata, y había abusado de ella, olvidando luego su promesa. La primera carta sobre el incidente es de Martorell y está fechada en Valencia el 12 de mayo de 1437. El *magnífich En Joanot Martorell* comienza recordando al *magnífich En Joan de Monpalau* la hospitalidad y la confianza que, debido al parentesco, le han brindado siempre los Martorell. La retórica es sentimental, levemente nostálgica: «totes les portes vos eren obertes, sens que nengú de nosaltres noes guardava gens de vós, nies poguera pensar que vós pensàsseu ni fésseu nenguna vergonya ni maldat vers nosaltres ni a la nostra casa» (todas las puertas os estaban abiertas y ninguno de nosotros se recelaba de vos ni pudiera pensarse que cometierais ninguna vergüenza ni maldad hacia nosotros y nuestra casa). ¿Cómo ha correspondido Monpalau a esta simpatía y buena fe? Con duplicidad y traición: primero, jurando «pendre ma germana Damiata per muller e desposar-la dins fort breu temps» (tomar a mi hermana Damiata por mujer y desposarla en muy breve tiempo), y, luego, abusando de ella «sots color de la prometença» (bajo pretexto de la promesa). La carta abandona el tono plañidero, se impregna de furor y brotan imprecaciones: Monpalau ha «decebuda la dita ma germana desllealment e malvada» (engañado a mi hermana desleal y malvadamente), es un «robador de la honor de la dita ma germana e mia» (robador del honor de mi hermana y mío), ha cometido una «gran desllealtat i maldat» al haber «deshonestament tacada he deshonrada incessant la dita ma germana, no guardant a Déu ni a vostra honor ni a la fe que us era donada en la casa de mon pare e mia» (deshonestamente maculado y deshonrado incesantemente a dicha mi hermana, no considerando a Dios ni a vuestro honor ni a la confianza que os era dada en la casa de mi padre y mía). Entonces, coronando la erupción de cólera, el desafío. Si Monpalau niega lo que se le imputa, y como una maldad y deslealtad así no pueden quedar sin castigo, Martorell le requiere someterse «al juí de Déu» (al juicio de Dios). Es decir, lo emplaza a combatir.

Atención, ahora viene lo importante: las condiciones del combate. El desordenado, reiterativo lenguaje de la cólera cede el sitio a una fría enumeración: «vos ofir combatre a tota ultrança, mon cos contra lo vostre, a peu o a cavall, en aquella manera que per vós serà devisat, puix siam egualment armats, així de les armes defensives com ofensives, o desarmats d'armes defensives» (os propongo combatir a todo trance, mi cuerpo contra el vuestro, a pie o a caballo, de la manera que será fijada por vos, siempre que estemos igualmente armados, tanto de armas defensivas como ofensivas, o desarmados de armas defensivas). En apariencia, el retador está impaciente por lavar su honor en la liza. Concede al retado la elección de las armas y sólo pone dos condiciones: que el duelo sea a muerte y que los contrincantes estén igualmente armados. Se permite, incluso, un desplante: acepta la posibilidad de que los combatientes se enfrenten «desarmados de armas defensivas» (sin armaduras) lo que, según Martí de Riquer, era insólito y suicida. En realidad, quien desafía está desplegando ante el desafiado un abanico de motivos de discusión, sugiriendo opciones que abren un ancho campo para la réplica y la contrarréplica. ¿Cuándo debe celebrarse el combate, a juicio del retador? ¿A la semana siguiente, el mes próximo? No: dentro de «quatre o sis mesos». Este largo plazo es justificado por Martorell como una concesión al adversario: es el tiempo que otorga a Monpalau para buscar al juez del duelo. El lenguaje torna a ser exacto y minucioso para describir las características que debe tener este juez: no importa si «crestià o infel», siempre que sea imparcial, consiga un lugar seguro para el encuentro y permita que la batalla progrese hasta las últimas consecuencias. Este sediento de sangre no quiere un juez tímido, capaz de suspender el combate antes de que uno de los adversarios muera. Y ahora un arrebato lírico, la adivinación de la contienda: Martorell y Monpalau se atacarán «tant e tan llongament e per tantes jornades fins que la u de vós o de mi hi romanga mort o vençut» (tanto y tan largamente y por tantas jornadas hasta que uno de vos o de mí quede allí muerto o vencido). Y si el juez fuera débil y no consintiera que el combate llegara a este extremo, entonces Monpalau quedaría como «fals e fementit e com a vençut i confés de la deslleialtat e maldat per vós feta e per mi a vós posada» (falso y fementido y como vencido y confeso de la deslealtad y maldad por vos cometida y por mí a vos imputada). Antes de despedirse, Martorell abre una puerta más a su enemigo: si Monpalau no quiere buscar al juez, se encargará él mismo de hacerlo.

La respuesta de Monpalau, cuatro días más tarde, es digna de la carta de Martorell. Niega haber prometido matrimonio a Damiata, pero no dice palabra sobre la acusación de haber abusado de ella, de modo que el motivo del conflicto queda siempre vivo, herida abierta que alimentará los actos futuros del rito, ceremonia o juego que acaba de iniciarse. Monpalau acepta el desafío, comisiona a Martorell para buscar al juez y le señala un plazo, el más largo entre los dos que aquél le proponía: «sis mesos». A las bravuconerías de Martorell, opone una fórmula injuriosa: «havets mentit e mentrets per vostra gola» (habéis mentido y mentiréis por vuestra garganta). A continuación, dentro de las reglas del juego, elige las armas de la lid y las describe: «la batalla hajam a fer a cavall, lo cavall armat ab cobertes d'acer e al cap una testera d'acer; sella de cosser acerada ab les ales acostumades de portar en guerra, sens altra mestria, ab estreps deslligats. Armes defensives: plates, sens maestria nenguna, de pes de vint-e-cinc lliures; arnès de cama e de cuixa acostumat comunament de portar en guerra; guardabraços sens guardes...» (batallaremos a caballo, el caballo armado con cubiertas y testera de acero; silla de corcel acerada con las alas que se acostumbra llevar en la guerra, sin refuerzo alguno, con los estribos desatados; armas defensivas: platas, sin refuerzo alguno, de veinticinco libras de peso; el arnés de piernas que se acostumbra llevar en la guerra; guardabrazos sin guardas...), etcétera. Parecería que, aceptado el desafío por Monpalau, escogidas las armas, designado Martorell para nombrar al juez, se hubieran completado todos los requisitos y que el episodio siguiente fuera el combate mismo. Qué ocurrencia: los preparativos sólo comienzan, se prolongarán todavía muchos meses. Monpalau cierra su carta con una discreta invitación: si Martorell quiere responderle, tiene cinco días para hacerlo.

Martorell sólo necesita dos días para contestar. A partir de este momento, el grueso de la correspondencia consiste en variaciones retóricas sobre los temas esbozados en las primeras cartas y cuesta trabajo distinguir, en la maleza de palabras en que se mueven los adversarios, los elementos nuevos de aquellos que originan el empantanamiento obsesionante del conflicto, su estrangulación en cuestiones de procedimiento. Sin embargo, a medida que se dilata el torneo epistolar de acusaciones mutuas, va quedando cada vez más en claro que, tanto el principio del conflicto (el honor burlado de Damiata) como su cruento final (el duelo que habrá de lavar la afrenta), están marchitándose y muriendo. Pronto quedan reducidos a remotas sombras, en tanto que el intermedio ritual y lingüístico —las invectivas, los apóstrofes, los debates metodológicos—, que debía ser apenas un vehículo hacia la matanza, ha cobrado una importancia decisiva y aun excluyente: las palabras y las formas han desplazado a Damiata y al combate físico, y ellas son ahora la ocupación primordial de los rivales.

En esta segunda carta, Martorell se demora en reiterar sus reproches a Monpalau por sus «casos e crims» (casos y crímenes), y luego, por primera vez, abandona un instante el plano personal para elevarse a un nivel abstracto e ilustrar a su adversario sobre la verdadera moral del gentilhombre. Acepta las armas para la liza descritas por Monpalau, y, con una sentencia involuntariamente irónica («E per no perdre temps, donant fi

71

a paraules») (Y para no perder tiempo, dando fin a las palabras), acepta encontrar al juez de la batalla. Lo buscará, asegura, «ab gran diligència» (con gran diligencia); insiste en que el juez debe reunir las condiciones fijadas en su primera carta y, como si Monpalau las hubiera olvidado, las puntualiza de nuevo. Se extasía un momento imaginando el terrible combate en que su adversario quedará escarnecido y derrotado, y, de pronto —aquí viene el elemento nuevo—, añade que si en ese plazo de seis meses no ha podido hallar el juez adecuado, seguirá buscándolo: «vos profir aquell cercaré tant e tant llongament fins l'haja trobat» (os prometo que lo buscaré tanto y tan largamente hasta que lo haya hallado). Por fin, indica a Monpalau que, si lo prefiere, busque él mismo al juez. De este modo están ya dadas las condiciones para el aplazamiento indefinido de la liza, para la eternización del juego. Monpalau mueve las piezas con idéntica comodidad. Impreca largamente contra Martorell, a quien acusa de entretenerse en inútiles «paraules» en vez de precipitarse a buscar al juez del torneo, pero, de inmediato, da marcha atrás y advierte el carácter meramente convencional de esta acusación, pues, entre denuestos y exabruptos, concede a Martorell dos meses más para encontrar al juez: el plazo se alarga así a ocho meses. En esta disputa verbal que ha venido subiendo de temperatura, el juez, ese fantasma, es una presencia cada vez más invasora.

La tercera carta de Martorell transparenta ya, de manera flagrante, la supremacía absoluta que las palabras han tomado sobre los actos en este asunto, el predominio total de las formas sobre los hechos. O, más exactamente: el divorcio que se ha establecido entre las palabras y aquello que expresan. La contienda se ha enclaustrado en un espacio retórico, en el que lo único que cuenta es la expresión por ella misma, el respeto y la repetición de ciertos tópicos. La palabra ha alcanzado una desatinada libertad, se ha emancipado de su contenido: lo que los adversarios dicen tiene muy poco o nada que ver con lo que hacen. En esta carta, fuera de los consabidos insultos y cargos reiterados hasta la cacofonía contra Monpalau, Martorell rechaza enfurecido la acusación de evitar el combate con recursos retóricos. Él odia la retórica tanto como Monpalau, y, para probarlo, pronuncia un resuelto discurso, de excelente retórica, contra la retórica: «La improprietat de paraules no perturba en nostra batalla, car la rectòrica més se pertany a notaris que a cavallers, e per tal no em cur jo de rectoricar mes lletres, sols que vinga a ma desijada fi, no errant a ma honor e fama, així com vós fet haveu...» (La impropiedad de palabras no perturba nuestra batalla, pues la retórica más pertenece a notarios que a caballeros, y por lo tanto yo no me preocupo de retoricar mis cartas, sólo de obtener el deseado fin, sin yerro de mi honor y fama, como os ocurre a vos...), etcétera. Luego, con una inocencia deliciosa —que de ningún modo podemos llamar cinismo—, agrega, «per fugir a dilació, la qual és inimiga de tot requeridor» (a fin de evitar dilaciones, que son enemigas de todo retador), una considerable arenga, en la que una vez más asfixia con las mismas acusaciones a Monpalau, habla de Nuestro Señor Dios y de la Virgen María, rememora premonitoriamente los resultados del combate venidero, pormenoriza de nuevo los requisitos que deberán cumplir el juez y la batalla, y termina, «desijant no dilatar» (no queriendo demorar más), comprometiéndose a buscar sin pérdida de tiempo al árbitro del duelo.

En su extensa respuesta, Monpalau acusa una vez más a Martorell de maniobras dilatorias; en la selva de frases, surge de pronto esta afirmación, que va a distraer viciosamente a los adversarios un buen rato: Martorell está demorando la batalla pues los ocho meses que Monpalau le ha concedido para buscar al juez son más que suficientes, en ello «poríets haver cercat lo món» (podríais haber recorrido el mundo). Surge así un nuevo motivo de discusión, que pasa a primer plano en la siguiente carta de Martorell, la más larga hasta ahora: se trata de demostrar que, en realidad, el requeridor no puede estar sometido a un límite de tiempo para buscar al juez del duelo. Martorell acusa, por otra parte, a Monpalau, de atrasar el combate con pretextos, y, súbitamente, abre una inesperada compuerta que va a permitir una nueva inundación retórica. Imputa a Monpalau abusar de *silogisme* y de emplear «sofisticant scriure» y «silogismal scriure» («escritura sofisticante» y «escritura silogística»), es decir, de proceder como un jurista cualquiera. Y, entonces, ya puede proferir una breve, pero grandilocuente y feroz, abominación de los juristas y de las mujeres, «los quals en la ploma i en la llengua tenen tota llur defensió» (quienes en la pluma y en la lengua tienen toda su defensa). Monpalau, con pericia impecable, recoge y devuelve la pelota al vuelo.

A partir de aquí y por cierto tiempo el torneo verbal va a concentrarse en temas lingüísticos y culturales; los adversarios se empeñan, en los próximos movimientos de la partida, en pronunciar sarcasmos e ironías contra los pobres juristas y contra las mujeres. Monpalau se burla del lenguaje legalista que usa Martorell en su carta anterior y dice no entender cuatro expresiones suyas: «E responent a vostra dita lletra dic primer que us confés que no entenc quatre vocables de què en vostra lletra vos sou servit; a molts cavallers n'he demanat e no he trobat qui m'haja dit que tals vocables sien en dret ni en costum d'armes, e si vós entenets lo contrari hauria plaer de saber en qual capítol e dret d'armes ne fa menció, o si per ventura ho havets de Bartol, o de qui. Voldria-ho saber per tal que, si em venia bé me'n pogués servir. E los vocables són *silogisme, sofistical scriure* e *silogismal* scriure e relatar» (Y respondiendo a vuestra carta digo primero que os confieso que no entiendo cuatro vocablos de que en vuestra carta os habéis servido; he preguntado a muchos caballeros y no he encontrado quien me diga si tales vocablos existen en derecho y en costumbre de armas, y si vos entendéis lo contrario me gustaría saber en qué capítulo o derecho de armas se hace mención de ellos, o si por ventura los habéis aprendido de Bártolo, o de quién. Quisiera saberlo para que, si me conviniera, servirme de ellos. Y los vocablos son silogismo, sofistical escribir, silogismal escribir y relatar). En su quinta carta, Martorell oficia de gramático. Explica desdeñosamente a Monpalau que aquellos vocablos «volen dir "preposició de la qual se segueix falsa conclusió"» (quieren decir «proposición de la cual se sigue falsa conclusión»); en cuanto a relatar «demanau-ho a qualsevol minyó que trobeu que per aquell ne sereu informat què vol dir» (preguntadlo a cualquier muchacho que encontréis y por él seréis informado de su significado). La argumentación alcanza contornos desesperantes por su enfermizo detallismo y por sus repeticiones sin término. Martorell refuta con minucia y obstinación cada una de las afirmaciones de su adversario (sobre todo la de estar demorando el combate) y, a su vez, retorna a Monpalau las acusaciones que éste le sirve. La frase de Monpalau de que en ocho meses Martorell podría haber «recorrido el mundo», es el dispositivo que traslada la discusión del plano semántico al de la geografía, pero el tema que, sobre todo, se trata y maltrata copiosamente es: ¿quién está, en verdad, demorando con «simulacions de paraules» y con «malicioses dilacions» («simulaciones de palabras» y «maliciosas dilaciones») la realización de la batalla?

En su quinta y sexta cartas —eficazmente colaborado, desde luego, por las respuestas de Monpalau— éste es el asunto que excita, enrevesa y aumenta la prosa de Martorell hasta el desvarío y el vértigo, con digresiones burlonas sobre el lenguaje de su contrincante, y, por supuesto, encendidas protestas de impaciencia: Martorell está ansioso por cruzar el vestíbulo epistolar y pasar a la acción. ¿Quién se acuerda, a estas alturas de espesa retórica y de cotejo de temas universales, de la deshonrada Damiata? Ni siquiera se la menciona. Sí, en cambio, al futuro, ya casi mítico combate: es la materia principal de la séptima carta de Martorell, fechada el 25 de junio de 1437 (la competencia dura mes y medio), la más literaria de todas las que intercambian los rivales. Aquí no sólo las palabras se han desasido de la realidad para erigirse en un reino soberano. Ahora también el sueño sustituye a la realidad de los hechos y es, por un periodo, el dominio hegemónico. Martorell describe con realismo impecable el combate que tendrá lugar; o, mejor dicho, que no se realizará porque su cobarde enemigo no se habrá presentado a la liza. La ceremonia se celebrará, desde luego, en un escenario suntuoso y asistirán a ella los más ilustres dignatarios, cristianos e infieles. Será una ceremonia *pura*, en el sentido más estricto: Martorell vencerá a su adversario en un combate que ni siquiera tendrá lugar porque Monpalau se hallará ausente. Su triunfo será *formal*, el más apreciado por él, el que más puede halagarlo: «E pensau ab quina cara poríeu anar enfre les gents quan serà sabut que jo he haüt lo jutge, e per ell vos serà designada jornada, e haver-la-us feta intimar així com se pertany, davant lo qual jo comparré a la jornada dins la lliça en la manera deguda, demanant lo jutge als herauts de vós, los quals a ma requesta e per manament del jutge vos cercaran e cridaran per tot lo camp, e no trobant-vos-hi personalment ni essent comparegut, així com profert haveu, quan la jornada serà prop de la fi, a ma requesta lo jutge fer vos ha cridar novellament per totes les quatre parts de la lliça per los reis d'armes, herauts e porsavants ab trompetes, llegint lo procés, o fent llegir, pronunciant-vos per confés dels casos per vós fets e per mi a vós posats, donant-me facultat que jo puixa perseguir vostra honor, segons lo costum de cavallers, revesant vostres armes ab la cerimònia que es pertany als vençuts sens batalla; e sabreu que jo hauré lo guardó de la victòria per bé que no sia estat victoriós. Més vos valdria la mort o mai ésser eixit del cors de vostra mare que oir publicar tal procés, lo qual se publicarà davant reis, prínceps, senyors e cavallers, de cristians e infels...» (Y pensad con qué cara podréis ir entre las gentes cuando se sabrá que yo he conseguido juez y por él os será asignada la jornada y os la hará saber como corresponde, ante el cual yo compareceré, aquel día, en la liza en la manera debida, el juez preguntará a los heraldos por vos, y ellos, a requerimiento mío y mandato del juez, os buscarán y llamarán por todo el campo, y no encontrándoos vos allí personalmente ni habiendo comparecido, como habéis prometido, cuando la jornada esté a punto de acabarse, a mi requerimiento el juez os hará llamar de nuevo por las cuatro partes de la liza por reyes de armas, heraldos y persevantes con trompetas, leyendo el proceso, o haciéndolo leer, declarándoos confeso de los casos por vos cometidos, y por mí a vos imputados, dándome facultad para que yo pueda perseguir vuestro honor, según costumbre de caballeros, invirtiendo vuestras armas con la ceremonia que corresponde a los vencidos sin batalla; y sabed que yo obtendré el galardón de la victoria, aunque no haya sido victorioso. Más os valdría la muerte o no haber salido nunca del cuerpo de vuestra madre que oír publicar tal proceso, el cual se publicará ante reyes, príncipes, señores y caballeros, cristianos e infieles...).

En las cartas siguientes, de este nivel audaz —el visionario— los adversarios descienden otra vez al abstruso y angustiante del galimatías metodológico, al dédalo del trámite. Como los adversarios no se han puesto de acuerdo (no sabemos con exactitud sobre qué: en las dos primeras cartas cambiadas estaban de acuerdo; ahora también lo están, pero en que *no* lo están), se nombran seis caballeros que deben sentenciar quién de los dos tiene razón en los asuntos de procedimiento en controversia y qué plazo corresponde al requeridor para buscar al juez. Como es natural, los seis caballeros tampoco se ponen de acuerdo, luego de garabatear presumibles cartas frondosas que, afortunadamente, se han perdido. Entonces, se designa al infante Enrique de Aragón para que dirima el selvático conflicto. Éste, como se habrá advertido, no tiene ya nada que ver con Damiata y muy poco con el duelo. El núcleo del contencioso ahora, hasta donde podemos descifrar las jeroglíficas «lletres de batalla», es si el plazo para encontrar al juez debe ser de ocho meses, como dictamina Monpalau, o ilimitado como, según Martorell, establece la costumbre caballeresca. La penúltima carta de Monpalau —del 12 de julio, a los dos meses de iniciada la correspondencia—, nos informa que los rivales han otorgado a Enrique de Aragón un plazo de cinco meses para que pronuncie sentencia sobre esta querella de método; una vez resuelta, debería quedar despejado el camino hacia la liza.

Es seguro que entre estas cartas y la última que se conoce del asunto, debieron mediar muchas otras. Imposible que entre ese texto del 12 de julio de 1437 y el que ocho meses después escribe Joanot Martorell en Londres, el juego no haya sido reavivado, hinchado, coloreado, enloquecido con nuevas descargas verbales. Pero sería ingenuo deducir de esto que Martorell era un simple farsante. No, era un *formalista:* algo mucho más profundo y sutil que un fanfarrón. Y no hay duda que estaba dispuesto a llevar el culto de la forma hasta sus últimas consecuencias. La prueba es que partió a Londres con el propósito de buscar un juez para su combate con Joan de Monpalau. Su carta del 22 de marzo de 1438, que envía a Valencia desde Inglaterra, es eufórica. Informa a Monpalau que ha hallado un juez y que se trata de alguien «competent, notable e sens sospita nenguna» (competente, notable y sin sospecha alguna). El amante de la regla y el espectáculo, del fasto y de la fiesta, tiene razón para estar excitado: el juez, a la medida de su fantasía, es el «molt alt e molt poderós senyor lo senyor rei d'Anglaterra e de França» (muy alto y muy poderoso señor, el señor rey de Inglaterra y de Francia), es decir, Enrique VI de Lancaster. El lenguaje traiciona a Martorell cuando comunica a Monpalau que Enrique VI «nos té aparellat gentil lloc e festa» (nos tiene preparados un gentil lugar y una fiesta): se diría que lo convoca a un baile, no a matarse.

Lo que ocurre a continuación es como una finísima comedia de burlas con truculencias folletinescas, pero, por desgracia, sólo se puede reconstruir la historia adivinando, ya que faltan piezas en el rompecabezas. Lo que probablemente sucedió es que el emisario enviado por Martorell desde Londres a Joan de Monpalau fue encarcelado por orden de María de Castilla, reina de Aragón. Durante mucho tiempo —casi un año—, Joan de Monpalau no da señales de vida. Por fin, manda a Londres un emisario, *mossèn* Perot Mercader, para que lo excuse y, además, acuse a Joanot Martorell de la más extraordinaria falta: haber salido de Valencia sin pedir permiso al infante don Enrique de Aragón. La reacción de Martorell es, por supuesto, la esperable: retar en el acto a duelo «a tota ultrança» a Perot Mercader. Así termina, al año y once meses de iniciado, el conflicto que suscitó el honor de la desventurada Damiata entre Joanot Martorell y Joan de Monpalau: en nada.

El final podría dejarnos perplejos sobre la seriedad de los adversarios: han cambiado tanta tinta e injuria, uno de ellos ha realizado una trabajosa peregrinación para encontrar un juez en un país tan alejado del suyo, y todo eso ¿para qué? Con este criterio pragmático ni siquiera rozaríamos la personalidad de Martorell. Para él, esos trajines, esa jungla de palabras, esas venias y dicterios, esas tormentosas discusiones sobre minucias escolásticas, todas esas ruidosas formas erigidas, alimentadas, robustecidas a lo largo de esos veintitrés meses contenían en sí su más espléndida justificación. Por eso olvida tan fácilmente a Joan de Monpalau: ha concluido una partida y se dispone a iniciar otra, esta vez con *mossèn* Perot Mercader. ¿Fue éste un competidor tan dócil y eficiente como Monpalau? Lo ignoramos: la única carta que ha sobrevivido de este nuevo conflicto es el desafío de Martorell.

Los otros episodios son menos interesantes. El primero es un desafío que recibe Martorell, tres años más tarde (1442), de Jaume de Ripoll, quien, dice, ha oído que Martorell quiere adiestrarse en el manejo de las armas y le propone combatir a pie o a caballo. Martorell rechaza la oferta y, en unas líneas irónicas, aconseja a Ripoll que, como tanto desea ejercitarse en el uso de las armas, se aliste en los ejércitos del rey, que está combatiendo a los rebeldes del reino de Nápoles. ¿El esforzado Martorell rehúsa la contienda por cobarde? Naturalmente que no. Ocurre que Ripoll no ha comprendido nada: su carta es breve, torpe, expeditiva, un simple visado para llegar al combate. Este inocente sólo piensa en pelear. Martorell no: para él, combatir es un pretexto —que, desde luego, se resigna llegado el caso a ejecutar— de una fiesta formal. Esto es lo que realmente le importa: la compleja, laboriosa, opulenta ceremonia que antecede y rodea el hecho trivial de la matanza.

El siguiente rival conocido de Martorell, en cambio, que tenazmente rehúye el combate y el juego —Gonzalbo d'Íxer, tan silvestre como Ripoll, es más consciente de la sangre y las heridas que de los emblemas, los símbolos y las fintas verbales— permite a Martorell gratificarse a sí mismo con un pequeño festín de fórmulas, de gestos, de desplantes, una representación genuinamente teatral, casi operática. Esta vez el origen del incidente es el dinero. Gonzalbo d'Íxer ha hecho encarcelar a un hermano de Joanot, Galceran, quien amenazaba con denunciarlo ante el rey de Navarra por no haber pagado una deuda que tenía contraída con los Martorell. Joanot reacciona al instante, enviando a Gonzalbo d'Íxer un «cartell de deseiximents» (cartel de desafío) (27 de abril de 1446 Joanot), con las atronadoras amenazas rituales: «me desisc jo, Joanot Martorell, de vós, don Gonçalbo d'Íxer, e de tots vostres valedors, certificant-vos que, passats deu dies per fur establits, jo us damnificaré e fer faré tot aquell mal, dan e deshonor que poré en vostra persona e béns» (yo, Joanot Martorell, me desafío de vos, don Gonzalbo d'Íxer, y de todos vuestros valedores, certificándoos que, pasados diez días, os damnificaré y haré todo el mal, daño y deshonor que podré en vuestra persona y en vuestros bienes). La intervención del rey de Navarra y otros nobles como mediadores apacigua el conflicto y permite que se arrastre durante unos cuatro años, gracias, sin duda, a periódicas emisiones retóricas de ambos lados, de las que no queda huella. El 1 de marzo de 1450 el asunto aún no se ha resuelto y Joanot Martorell lo reaviva con un ademán espectacular: retando a «batalla a tota ultrança» a don Gonzalbo d'Íxer. El tenor de esta carta es similar a las enviadas a Joan de Monpalau y a Perot Mercader. El esquema es rígido: primero, recriminaciones y reproches; luego, rápido, el desafío, y, por último, pormenorizadas con una especie de fanatismo, las características del combate: Gonzalbo d'Íxer deberá elegir las armas y buscar al juez, el que puede ser «de gentilhom fins emperador» (desde un gentilhombre hasta un emperador). Si d'Íxer lo prefiere, Martorell se halla presto a encontrar un juez que asegure lugar adecuado y garantice que el combate durará «tantes jornades fins la un de vós o de mi hi romanga mort o vençut o fementint» (tantas jornadas hasta que uno de vos o de mí quede muerto, vencido o fementido).

A diferencia de Monpalau, Gonzalbo d'Íxer es un jugador mediocre y timorato. Se limita a responder, lacónicamente, que no acepta la carta de Martorell y menos todavía la batalla. Pero Joanot no se desanima: sigue moviendo las piezas con entusiasmo pese a la nula colaboración del adversario. El 10 de marzo envía una segunda carta de batalla a Gonzalbo d'Íxer. A pesar de la negativa de éste, afirma que irá a buscar por su cuenta el sitio y el juez del torneo. ¿A quiénes imagina como posibles árbitros del encuentro? A los dignatarios más altos y más distantes que cabe, desde luego: «jo iré cercar la plaça davant la majestat del senyor Emperador o davant lo senyor rei d'Anglaterra, o denant qualssevol altres que hagen poder d'assegurar batalla, e proceiré contra vós de tots aquells actes e remeis que poré e per dret d'armes me serà dat e permès» (iré a buscar plaza ante la majestad del señor Emperador o ante el señor rey de Inglaterra, o ante cualquier otro capaz de asegurar la batalla, y procederé contra vos con los actos y remedios que podré y que por derecho de armas me serán dados y permitidos). Tampoco esta vez se presta Gonzalbo d'Íxer a participar en la función: hace saber, a través del heraldo Calabria, que ni siquiera está dispuesto a cambiar cartas con Martorell. La respuesta de Joanot es un excelente fin de fiesta, una lírica apoteosis. El 1 de abril de 1446 redacta, en Barcelona, una belicosa exhortación y hace que este texto sea fijado en distintos lugares públicos de Valencia, para que todos sus compatriotas se enteren de la cobardía de Gonzalbo d'Íxer. En esta pomposa proclama se dirige a todos los nobles valencianos para que amonesten y sacudan al apático d'Íxer: «Com los actes de tant singular excel·lència e de tant gloriosa memòria sien proceïts per aquella benaventurada orde de cavalleria, supplic tots los barons, nobles, cavallers e gentilshòmens que d'honor sien, així en general com en especial, vullen pregar e amonestar a don Gonçalbo d'Íxer, comanador de Muntalbà, no es vulla així tan vilment oblidar sa honor, perquè justats los precs e amonestacions ab la lletra de batalla mia, la força d'aquells l'hagen a tornar en aquella verdadera carrera que los seus e altres han acostumat en semblants coses fer, e la sua honor no haja a restar tots temps en exemple de viltat: no vulla més amar la sua carn que la perpetual fama de la sua honor» (Como sea que los actos de singular excelencia y de gloriosa memoria procedan de aquella bienaventurada orden de caballería, suplico a todos los barones, nobles, caballeros y gentiles hombres que sean de honor, así en general como en particular, rueguen y amonesten a don Gonzalbo d'Íxer, comendador de Montalbán, que no quiera tan vilmente olvidar su honor, para que, unidos los ruegos y amonestaciones a mi carta de batalla, la fuerza de aquéllos lo vuelva a aquel verdadero camino por el que los suyos y otros acostumbran a seguir en tales cosas, y que su honor no tenga que quedar para siempre como ejemplo de vileza: no quiera amar más su carne que la perpetua fama de su honor). Martorell anuncia que permanecerá en Barcelona todo el mes de abril, esperando que su enemigo se decida a combatir, pero que, luego, aun cuando no haya recibido respuesta de Gonzalbo d'Íxer, emprenderá de todos modos un viaje para someter el conflicto a una instancia superior. ¿A quién pretende dirigirse para que pronuncie sentencia? Al emperador de Alemania. Es la última carta que conocemos de Martorell. No sabemos si cumplió su delirante bravata. Yo quiero creer que sí; me resulta conmovedora esa imagen final de Martorell: un jinete que se pierde a lo lejos, por los arriesgados caminos de Europa, en pos de un emperador exótico, espoleado por un pleito falaz y un combate imaginario.

¿Qué diseña todo esto? La curiosa, ambigua psicología del autor de *Tirant lo Blanc.* Esta silueta no es la de un bárbaro violento, ansioso de guerrear por cualquier causa, sino, al contrario, la de un espíritu hechizado por el barroco ceremonial con que la Edad Media ha rodeado y enriquecido el duelo singular, la de un refinado que, sin darse bien cuenta de ello, aprovecha ciertas costumbres e instituciones de su época, las vacía de su contenido real, se apodera de las formas que las revisten y sutilizan, y hace de ellas una técnica para la satisfacción de una vocación profunda e inconsciente: la de la representación, la del espectáculo. ¿Por qué darse tanto trabajo, por qué ir hasta Inglaterra en busca de un juez, por qué proponer al emperador de Alemania como mediador, si en la propia península sobraban príncipes y nobles que hubieran favorecido los duelos? Precisamente porque el secreto designio de Martorell no era acelerar los trámites y provocar cuanto antes la sangría. Era, más bien, demorarla, obstruirla, *utilizarla*. No por falta de coraje, ni muchísimo menos. Sino porque el enfrentamiento físico era, para él, lo adjetivo del asunto. Lo que su tiempo concebía únicamente como medio o decorado —el ritual preliminar, la teatralidad del desafío y de la lucha— para él significaba el verdadero estímulo, la presa codiciada. Todo lo demás —por ejemplo, el contenido de esos pretenciosos conceptos que en sus cartas manipula como un mago: la honra, el valor, la gloria— era para Martorell, en su fuero más oculto, el simulacro que le permitía saciar un vicio delicado: el amor de las formas.

El mundo en que Martorell vivió sólo podía aplacar esta pasión de una manera relativa y precaria: todo la contradecía, más bien. En esa agonizante Edad Media que le tocó, el ceremonial y los ritos no eran fines sino medios, máscaras de lo atroz, delgadas vestiduras que no llegaban a cubrir la dureza brutal de la realidad. Ésta es, quizá, la contradicción decisiva entre Martorell y su tiempo, el conflicto que hizo de él un novelista, es decir, un disidente de la realidad, un suplantador de Dios, un rebelde ciego que llevó su insatisfacción del mundo hasta el extremo de querer construir otro mundo, otra realidad, aun cuando fuera con el desvaído material de las palabras. ¿Qué rasgos distinguen a ese mundo ficticio que construyó del mundo real donde transcurrió su vida? Justamente, ser una realidad ritual, donde la apariencia, el gesto y la fórmula constituyen la esencia de la vida, las claves íntimas de la conducta del hombre. Éste es el cariz propio, insustituible, del mundo ficticio de *Tirant lo Blanc,* el que lo dota de vida autónoma, es decir, lo que hace que, al mismo tiempo que reflejo de la realidad que lo inspiró, sea también su negación. Una novela es algo más que un documento objetivo; es, sobre todo, un testimonio subjetivo de las razones que llevaron a quien la escribió a convertirse en creador, en un *rebelde radical.* Y este testimonio subjetivo consiste siempre en una adición personal al mundo, en una corrección insidiosa de la realidad, en un trastorno de la vida. En *Tirant lo Blanc* ese «elemento añadido» es, precisamente, el de ser un mundo formal.

No tengo más remedio que citarme a mí mismo:

«En el mundo de *Tirant lo Blanc* es natural que un león haga de mensajero y lleve entre sus colmillos una carta de batalla al rey, y que haya muchachas tan blancas que se ve pasar el vino por su garganta, como la infanta de Francia. Un vistazo en la penumbra basta a un hombre para saber que las dueñas y doncellas que están en el aposento son ciento setenta, ni una más ni una menos; un caballero puede lidiar solemnemente con un perro, pero jamás con un plebeyo; no es sorprendente que la estatura de alguien (Tomàs de Muntalbà) sea tal que un ser normal como Tirant le llegue a la cintura. Un temperamento sentimental y sanguíneo es el más común: los guerreros lloran como criaturas y se desmayan de amor, o los arrebatan cóleras que les "revientan la hiel" y los matan, como a Kirieleison de Muntalbà y al Duc d'Andria. Aquí pasa el tiempo, pero los seres no parecen envejecer ni perder su lucidez ni su fuerza, y aunque beben y se reproducen, los hombres aparentemente nunca se embriagan ni crece el vientre de las madres, porque ni la embarazada ni el borracho aparecen jamás. Se vive para gozar y se goza matando, adornándose y fornicando, en este orden de importancia. Los hombres gozan tanto más que las mujeres adornándose, violentos en el campo del honor, impetuosos en las alcobas, son también unas damiselas de una coquetería aterciopelada que aman los trapos, las joyas y los afeites casi tanto como la carnicería.

»Pero, por encima de todo, aman los ritos, el ceremonial: la forma justifica o invalida su mundo, ella da sentido a los actos. Antes de un duelo, Tirant simula proponer a su adversario "pau, amor e bona amistat" y hace esto "per guanyar a nostre Senyor de sa part"; como Tirant vence y Dios conoce las intenciones ocultas bajo las palabras, cabe entender que aquí hasta la divinidad se interesa exclusivamente por las apariencias. El señor de Agramunt ha jurado que todos los infieles de la ciudad de Montàgata "pasarán bajo su espada", pero éstos se convierten al cristianismo gracias al ingenio de Plaerdemavida: ¿qué hará para cumplir ese juramento sin volverse un genocida de cristianos? Él y Tirant sostendrán la espada en alto y los habitantes de Montàgata desfilarán bajo el arma: la promesa quedará así (formalmente) cumplida. Al llegar a Grecia, Tirant estima impropio que la "filla qui és succeïdora de l'Imperi sia nomenada Infanta" y pide al emperador que en adelante se la llame princesa: el cambio de apelativo es en realidad un cambio del ser. En este mundo ritual no es el contenido el que determina la forma, sino ésta la que crea el contenido. Por eso la condesa golpea al niño recién nacido para que llore por la partida de su padre, Guillem de Varoic; su llanto *es* la tristeza. Por eso todas las doncellas que aparecen son "las más bellas del mundo", por eso la emperatriz es llamada incluso en sus noches adúlteras "señora virtuosa", por eso a cada momento los ojos de los personajes "destilan vivas lágrimas". Las palabras no nos dicen a nosotros lo que quieren decir en ese mundo. Allá ser doncella es ser *siempre* la más bella del mundo, y si se es señora se es *fatalmente* virtuosa, se haga lo que se haga, y la única manera posible de emocionarse es destilando vivas lágrimas por los ojos. Si los personajes hablan tanto, si los adversarios se eternizan cambiando desafíos escritos y orales antes de pasar a la acción (como le ocurrió a Martorell) y los enamorados postergan la consumación física del amor con interminables discursos, es porque en esta realidad formal, el lenguaje es una fuente inagotable de felicidad, el instrumento primordial del rito, la materia con que se fabrican las fórmulas: él embellece o afea los actos, él funda los sentimientos. También la religión importa por razones estéticas y hedonistas; suministra procesiones, misas, acciones de gracias, bautismos, conversiones: multitud de ceremonias, multitud de goces.»

Johan Huizinga, en un ensayo célebre, sostuvo que el juego es la base misma de la cultura, que ésta nació y se desarrolló lúdicamente. En *Tirant lo Blanc* el juego es algo todavía más importante y totalizador: la sustancia motriz de la vida. En su novela, Martorell fundió en una sola realidad las antinomias vivir y representar, ser y parecer. En *Tirant lo Blanc* vivir es representar, la única manera de ser es parecer.

Como todo gran creador, Joanot Martorell edificó su novela a imagen y semejanza de la realidad de su época, utilizando todos los materiales que su tiempo le ofrecía. Pero si *Tirant lo Blanc* fuera sólo esto, sería apenas un invalorable documento, no una gran novela. Además de testimonio ella es, también, una realidad soberana, porque en sus páginas, Martorell al mismo tiempo que expresó, rectificó su realidad: al mismo tiempo que dijo la vida, la contradijo.

Londres, 11 de marzo de 1970

TIRANT LO BLANC: LAS PALABRAS
COMO HECHOS

ERA YO un joven estudiante de Letras, allá por
1953 o 1954, y mi profesor de Literatura Española despachó con unas cuantas frases ignominiosas (que, descubrí después, se había prestado de don Marcelino Menéndez y Pelayo) todo un género narrativo: las novelas de
caballerías. Lo acusó de profuso, confuso, irreverente y
por momentos hasta obsceno y nos anunció que pasaría-
mos sobre él como sobre ascuas, en busca de libros más
valiosos. Mi espíritu de contradicción me precipitó a la
biblioteca a comprobar por mí mismo si aquellas novelas eran tan horribles como mi profesor las pintaba y
para mi buena estrella la casualidad, disfrazada de bi-
bliotecaria, puso en mis manos el *Tirant lo Blanc,* en la ad-
mirable edición crítica de 1947 de Martí de Riquer.[*]
La lectura de ese libro es uno de los recuerdos más
fulgurantes de mis años universitarios, una de las mejores cosas que me han pasado como lector y escribidor de
novelas. Pocos libros me han divertido y excitado más y
en pocos he aprendido tanto sobre la ambición, las artes
y las trampas con que están fraguadas las ficciones. Por

---

[*] *Tirant lo Blanc,* edición de Martí de Riquer, Editorial Selecta, Barcelona, 1947.

eso, vez que debo responder sobre mis «modelos», esos libros que todo escritor secretamente sueña con emular, nunca he dejado de citar, junto con novelas como *La guerra y la paz, Madame Bovary, Esplendor y miseria de cortesanas, Moby Dyck* o *Luz de agosto*, esa formidable creación del ingenio y la pasión literarias que, para gloria del género narrativo y orgullo de la lengua en que fue escrita, cumple este año, tan lozana y pujante como el día que se publicó, sus primeros quinientos años de edad.

El *Quijote* estampó un sello de desprestigio sobre las novelas de caballerías del que nunca se han recuperado. Pero la culpa de ello no la tiene Cervantes sino sus exégetas y comentaristas, al decretar que su mérito mayor había sido enterrar toda una corriente literaria. Cuando apareció el *Quijote*, la novela de caballerías, ya en decadencia, se había vuelto estereotipada, monótona, y perdido audiencia. La aparente burla cervantina de sus exageraciones anecdóticas y enredos estilísticos tenía cierta justificación. Pero en la tradición caballeresca destacaba un buen número de libros de rica elaboración imaginativa y audaces arquitecturas que quedaron también sepultados, en confusión innoble, bajo la lápida que, según sus intérpretes, plantó el *Quijote* sobre el género.

En verdad, si algún libro, metafóricamente hablando, enterró a la novela de caballerías, fue *Tirant lo Blanc*. Porque con el libro de Joanot Martorell el género alcanzó su apogeo y se superó a sí mismo, en una ficción más rica y más compleja de lo que las convenciones formales y los tópicos temáticos de la novela de caballerías permitían. En comparación con él, todos sus congéneres, aun los más logrados, como el *Amadís de Gaula*, parecen primitivos, meros anticipos de la obra maestra catalana. El *Quijote* la menciona de manera sibilina; la llama —por boca del cura, en el célebre inventario de la biblioteca de Alonso Quijano— primero, «el mejor libro del mundo», para luego afirmar que, por haberlo escrito, merecería que mandaran a su autor a galeras de por vida. Pero no hay duda que Cervantes conocía la novela y que había leído también, con provecho, muchas muestras de ese género que, según confesó en el prólogo a la primera parte de su libro, quiso ridiculizar.

El entusiasmo que me produjo el *Tirant lo Blanc* me volvió, durante buena parte de mi juventud, un lector empedernido de novelas de caballerías. No me quemaron el seso, como al Quijote, pero sí me depararon, como a él, ilusión y placer a raudales (con algunos bostezos, es verdad). No era fácil encontrarlas. De la mayoría de ellas no había ediciones asequibles. Cuando las había, eran libros espantosos, de letra microscópica, como los de la Biblioteca de Autores Españoles, o de papel transparente, como el tomo respectivo de Aguilar, que amenazaban con dejar ciego al heroico lector. Había que ir en busca de ellas a las bibliotecas. El helado caserón de la Biblioteca Nacional de Madrid tenía una magnífica colección y, resfríos aparte, pasé muchas tardes memorables allí, sumido en las aventuras laberínticas de Amadises, Esplandianes, Luisartes, Palmerines y demás caballeros andantes. Para mi asombro, por algunas intemperancias textuales o vaya usted a saber por qué, ciertos libros de caballerías, como el *Lancelot,* habían sido confinados por la puntillosa censura del momento (hablo de 1958 y 1959) en el llamado Infierno de la Biblioteca. Para poder leerlos había que recabar una autorización eclesiástica.

De esas lecturas saqué dos conclusiones. La primera: que una gran injusticia recaía sobre un género literario de gran fuerza de invención y originalidad que produjo no sólo una literatura de consumo, para los apetitos convencionales de un público hambriento de acción, amores impolutos y sucesos maravillosos, sino auténticas obras de creación, que sentaron las bases de una narrativa de la que son deudoras cosas tan disímiles como la novela romántica, el folletín de aventuras decimonónico y hasta los westerns cinematográficos. La segunda conclusión es que, contrariamente a sus pretensiones y a los sermones de algunos catedráticos, Cervantes no «mató» la novela de caballerías sino le rindió un soberbio homenaje, aprovechando lo mejor que había en ella, y adaptando a su tiempo, de la única manera en que era posible —mediante una perspectiva irónica—, su mitología, sus ritos, sus personajes, sus valores.

El *Quijote* es la novela de caballerías de una época en la que ya no había caballeros ni la realidad permitía hacerse la ilusión de un orden caballeresco del mundo, pero en la que, sin embargo, este ideal imposible sobrevive todavía, refugiado en dos últimas trincheras: la nostalgia y la locura. El *Tirant lo Blanc*, en cambio, es el canto de cisne literario de aquella época que daba sus últimos estertores medievales y se transformaba rápidamente al influjo de los vientos italianos y franceses en un mundo renacentista. Dámaso Alonso señaló con justeza, en su estudio de 1951 sobre el *Tirant lo Blanc*,* que Martorell está como a caballo entre dos mundos y que éstos, en su novela, coexisten y se funden. Así es: *Tirant lo Blanc*, además de otras cosas, tiende un puente entre la visión *naïve* de la tradición medieval artúrica y el realismo irónico renacentista de Cervantes. El idealismo heroico y las irreali-

---

* Dámaso Alonso, «*Tirant lo Blanc*, novela moderna», *Revista Valenciana de Filología*, I (1951), pp. 179-215.

dades del amor cortés están todavía presentes en el *Tirant lo Blanc*, pero relativizados por chispazos de humor y humanizados por la sensualidad y el amor carnal.

Cuando me preguntan qué es lo que me deslumbró más en el *Tirant lo Blanc* doy respuestas diferentes, que son todas ciertas y que dependen de mi humor, de las volubles modas, del temple cultural del momento. El fragor de sus batallas, en las que las proezas físicas son a menudo menos importantes que las astucias para decidir la victoria. La libertad y la audacia de sus juegos sexuales, ese erotismo impregnado de buena salud, irreverente comicidad y brotes filosóficos, como en los grandes escritores libertinos del siglo XVIII. La pulcritud puntillista y casi oriental de sus ritos, ese ceremonial maniático tan amado por el narrador y por los personajes que vuelve casi todos los episodios de la novela escenas de teatro: a veces dramáticas, como el secreto retorno a sus antiguos dominios del conde Guillem de Varoic convertido en ermitaño y mendigo; a veces bufas, como el duelo en el que Tirant y su rival, el Senyor de les Vilesermes, se enfrentan vestidos sólo con camisones, tocados con guirnaldas de flores y escudos de papel en vez de metálicos; a veces trágicas, como los llantos, lamentos, confesión pública y poco menos que autoinmolación de Carmesina al enterarse de la muerte de Tirant; a veces mágicas, como la llegada de la reina Morgana, en su barco enlutado, procedente del mito y la leyenda, a la corte de Constantinopla y, a veces, muchas veces, operáticas, como lo son las batallas, los torneos, las fiestas, los desfiles, los bautizos colectivos, los recibimientos y las despedidas. O la naturaleza formal, de apariencias más que de profundidades, del mundo de *Tirant lo Blanc*, en el que mediante una sutil alquimia de la fantasía y el verbo, se han invertido los términos de la realidad, tornándose la contingencia en sustancia, el continente en contenido. (Por eso, allí, el llanto tiene que ver exclusivamente con las lágrimas y no con los sentimientos y las emociones, pues éstos no existen separados de su expresión formal, de su emblema: esos ojos que derraman «vives llàgremes». Por eso, en ese mundo se llora a menudo socialmente, por razones de cortesía y de mera representación, como ocurre con el rey Escariano, quien al ver a la emperatriz llorando también «se pres a plorar per fer-li companya» [capítulo CDXXXI].)

Pero ahora creo que sé cuál es, entre los muchos atributos del *Tirant lo Blanc,* el que más admiro: su ambición. Esa voluntad deicida de recrearlo *todo,* de contarlo todo, desde lo más infinitamente pequeño hasta lo más desmesuradamente grande que la mirada, la imaginación y el deseo de los humanos pueden abarcar. La visión provinciana, la fantasía de campanario son incompatibles con el género novelesco, que es tiempo y espacio haciéndose, desplegándose ante los ojos del lector. La geografía del *Tirant lo Blanc* es mediterránea, europea y norafricana y su contexto cultural e histórico el de toda la civilización occidental. Pero su mitología y su magia narrativas son aún más ricas, desbordan los límites de la tradición y la lengua dentro de las cuales fue fantaseada la novela, porque sus grandes temas —la guerra y la aventura, el amor y el deseo, el juego, el rito, las reglas y todas las *formas* con que el hombre ha ido saliendo de la barbarie y edificando la civilización— fueron representados por Joanot Martorell con una visión ancha y libre, dentro de la cual aparecía expresada la compleja variedad humana de su tiempo y esbozado algo de lo que sólo siglos más tarde —como la vida inconsciente, aquella que apenas podemos entrever a través de los ambiguos signos del acto gratuito y del sueño— llegaría el conocimiento humano a identificar.

Tirant lo Blanc es una novela universal en el doble sentido en que lo son todas las cumbres del género: por la pluralidad de asuntos y niveles de realidad que aparecen en ella y porque las raíces de su frondosa selva de anécdotas están sólidamente plantadas en la experiencia compartida, en aquel cogollo profundo de impulsos, deseos, fantasías, creencias, mitos y prejuicios que constituyen lo humano, ese fondo común de la especie que cruza indemne los siglos y los continentes y del que se nutren todas las grandes creaciones artísticas que, como esta novela, aprueban con honores el examen del tiempo.

Hace un cuarto de siglo, en un ensayo apasionado y juvenil, traté de destacar la diversidad casi inagotable de *Tirant lo Blanc*, novela al mismo tiempo imaginaria y realista, costumbrista y militar, cortesana y erótica, psicológica y de aventuras, todas esas cosas a la vez y todavía algo más. Es decir, una ficción concebida a imagen y semejanza de la realidad, cuyo autor había conseguido —como los grandes novelistas de todos los tiempos— construir un mundo verbal cuya vastedad y variedad denotaban la omnisciencia y la ubicuidad del creador con mayúsculas, una ficción que, cuando uno se hundía en ella ganado por su hechizo y abolida su conciencia crítica, fingía con éxito total la profusión vertiginosa y aterradora encerrada en ese simple vocablo: la realidad.

Ahora, releyendo una vez más el *Tirant lo Blanc* con el pretexto de su quinto centenario, me salta a la vista algo muy obvio y para lo que en las lecturas anteriores —tres o cuatro por lo menos y cada una más estimulante y feliz que la anterior— tengo la impresión de haber estado ciego: las palabras. Decir que las palabras son importantes en una novela parece una frase cacasena. ¿No lo son siempre, acaso? Desde luego. ¿No es por medio de las palabras que se delinean los hechos, los personajes, las situaciones de una ficción? ¿No son ellas, con sus significados, con sus asociaciones y reverberaciones en la memoria, con su música, las que dan cuerpo, movimiento, color, sentido, vida a las historias? Sí, ciertamente. Pero en *Tirant lo Blanc* las palabras son todavía más que eso: las protagonistas de la historia. Unos personajes tan deslenguados y abundantes, tan intrusos, que a menudo parecen emanciparse de aquello que deberían expresar —los seres humanos, las anécdotas, los decorados, los paisajes, incluso las ideas— y adquirir una suerte de vida propia, una autosuficiencia ontológica, como ocurre, por ejemplo, con las palabras cantadas de las óperas (que el melómano puede gozar sin necesidad de entender).

En el *Tirant lo Blanc* todos hablan hasta por los codos, desde el narrador hasta el último de los personajes y todo —las guerras, los desafíos, los viajes, las fiestas, el amor, la religión, el placer, los sufrimientos— es un pretexto para interminables efusiones retóricas. Más todavía que guerrear, querellarse, ataviarse, adornarse, lucirse, hacer el amor, comer, beber, danzar, jugar y representar —las otras grandes pasiones y diversiones de los personajes— ocupa su tiempo el emitir palabras, el pronunciar largos, intrincados discursos. Ésa es la postura más frecuente en que aparecen: abriendo la boca, moviendo los labios, hablando. Cotorras ambulantes, surtidores humanos de palabras, no callan nunca. Ahí están siempre, hablando y hablando, antes, durante y después de las batallas y de los torneos, en las cacerías, en los pasos de armas y en los viajes, en las instancias públicas y aun en los momentos más íntimos: los de la enfermedad y el amor.

El caso más extremo es sin duda el de los amores de Carmesina y de Tirant, que transcurren, podríamos decir, bajo, sobre y entre palabras. Es cierto que cuando Tirant ve por primera vez a su amada queda mudo —cae en el lecho, enfermo de la impresión antes de cambiar una sílaba con ella, y apenas alcanza a balbucearle a Diafebus que va a preguntarle qué le ocurre: «Jo ame»—, pero a partir de ahí todo es hablar. La cópula de la bella princesita griega y el bravo (pero tímido) caballero bretón es la más amagada y sobre todo palabreada cópula de que haya memoria en la literatura. En los varios intentos amorosos que hace posible el ingenio y la vocación celestina de Plaerdemavida, Carmesina no para de hablar. La vemos hablando en el capítulo CCLXXX, mientras Tirant «treballava ab l'artelleria per entrar en lo castell» y, lo que es aún más prodigioso, la seguimos escuchando hablar ciento cincuenta y seis capítulos más tarde (en el CDXXXVI) cuando, por las exclamaciones de la propia princesa descubrimos que —¡por fin!— el acto del amor está llegando a su culminación:

—Mon senyor Tirant, no canvieu en treballosa pena l'esperança de tanta glòria com és atènyer la vostra desijada vista. Reposauvos, senyor, e no vullau usar de vostra bel·licosa força, que les forces d'una delicada donzella no són per a resistir a tal cavaller. No em tracteu, per vostra gentileça, de tal manera. Los combats d'amor no es volen molt estrènyer; no ab força, mas ab ginyosos afalacs e dolços engans s'atenyen. Deixau porfídia, senyor; no siau cruel; no penseu açò ésser camp ni lliça d'infels; no vullau vençre la que és vençuda de vostra benvolença: cavaller vos mostràreu damunt l'abandonada donzella. Feu-me part de la vostra homenia perquè us puga resistir. Ai, senyor! I com vos pot delitar cosa forçada? Ai! ¿E amor vos pot consentir que façau mal a la cosa amada? Senyor, deteniu-vos, per vostra virtut e acostumada noblea. Guardau, mesquina! Que no deuen tallar les armes d'amor, no han de rompre, no deu nafrar l'enamorada llança! Hajau pietat, hajau compassió d'aquesta sola donzella! Ai cruel, fals cavaller!

Cridaré! Guardau, que vull cridar! Senyor Tirant, no haureu mercè de mi? No sou Tirant! Trista de mi! Açò és lo que jo tant desitjava? Oh esperança de la mia vida, vet la tua Princesa morta!

No hay duda posible: esta muchacha lenguaraz, en esta novela eminentemente teatral, habla mientras va siendo desflorada.

La incontinencia verbal, el vicio de la locuacidad aqueja a todos por igual, sin excepciones. En el capítulo CCXXXII, Plaerdemavida reprende a Tirant por no ir hasta las últimas consecuencias cuando tiene en sus brazos, semidesnuda y en la cama, a la princesa Carmesina y le dice: «e par-me que més vos han altat paraules que fets, e més cercar que trobar». Es una acusación justísima, pero válida no sólo para Tirant sino para toda la humanidad de la novela, pues todos prefieren las palabras a los hechos. Nobles o plebeyos, mujeres y hombres, moros o cristianos, ingleses, franceses, sicilianos, griegos o africanos, todos son gárrulos, todos, con el menor pretexto, dan rienda suelta a una elocuencia desbocada, todos padecen de diarrea verbal.

Ésta es una de las dificultades que debe vencer el lector para entrar de lleno en el mundo soberano de *Tirant lo*

Blanc: esas bocas locuaces, esos discursos tan abundantes que inmovilizan la acción y la hacen girar en redondo y a veces parecen disolverla, esas peroratas inesperadas, de pronto enredadas, que, al principio, desconciertan e irritan al lector, quien siente la tentación de saltar sobre ellas para retomar de una vez el hilo de los acontecimientos (¿liberará Tirant el Imperio griego de sus invasores turcos? ¿Hará por fin el amor con Carmesina? ¿Seducirá Plaerdemavida a Hipòlit? ¿La Viuda Reposada a Tirant?). Si lo hiciera cometería el mismo error que el lector que quisiera prescindir de los análisis psicológicos y las asociaciones subjetivas en *À la recherche du temps perdu* o de los juegos verbales del *Ulises* y el *Finnegan's Wake.* Porque Martorell, como Proust, como Joyce, como Musil, como Elías Canetti, como muchos otros novelistas modernos pertenece a la dinastía de los novelistas palabreros, esos creadores de mundos numerosos (el adjetivo pertenece a Gabriel Ferrater) en los que son las palabras antes que las acciones o los caracteres o los paisajes las que constituyen la realidad básica de la ficción, el sustento del universo narrativo, esa atmósfera, sustancia y horizonte dentro de los cuales se van delineando los perfiles de los héroes, sus proezas y debilidades, la gracia de sus heroínas, la picardía de sus bufones y la ferocidad de sus matanzas.

Esos diálogos de parlamentos tan dilatados que con frecuencia se vuelven monólogos paralelos son, también, las puertas de entrada en el mundo ficticio de *Tirant lo Blanc,* de la teología y de la filosofía, de la ciencia militar y de los tratados de caballería, de la historia antigua, la mitología griega y romana y de las leyendas medievales, es decir, uno de los mecanismos a través de los cuales el mundo ficticio crece y se enriquece, añadiendo lo histórico y lo conocido a lo puramente inventado, o, mejor dicho, transmutando en ficción a Aristóteles, a Séneca, a Platón, a Boecio, a Julio César y a las escrituras bíblicas e integrando al mundo novelesco —con el simple recurso de las citas— a ilustres criaturas del mito y la leyenda como Floris y Blancaflor, Píramo y Tisbe, Dido y Eneas, Tristán e Isolda, Ginebra y Lanzarote y muchos otros.

La primera obligación de una novela es independizarse del mundo real, imponerse al lector como una realidad autónoma, válida por sí misma, capaz de persuadirlo de su verdad por su coherencia interna y su verosimilitud íntima y no por su subordinación al mundo real. Lo que da soberanía a una ficción, lo que la emancipa de lo vivido, de lo «histórico», es el *elemento añadido,* esa suma de ingredientes temáticos y formales que el autor no expropió a la realidad, que no robó a su vida ni a la de sus contemporáneos, que nacieron de su intuición, de su locura, de sus sueños, y que su inteligencia y destreza confundieron con los otros, aquellos que todo novelista toma de la experiencia propia y ajena. Las palabras son una pieza esencial del *elemento añadido* del *Tirant lo Blanc.* La manera como ellas participan, o, mejor dicho, actúan en la novela, contribuye de modo decisivo a configurar esa naturaleza nítidamente diferenciada de la realidad real, que tiene aquella realidad ficticia donde aman, lloran, se desmayan y batallan Tirant, Carmesina, Felip, Diafebus, Estefania, Plaerdemavida. Ellas crean ese tiempo demorado, en cámara lenta, de cortas líneas rectas y remolinos adormecedores por los que la acción avanza, se detiene, da vueltas, parece deshacerse, para luego reaparecer, concretarse y de nuevo discurrir hasta el próximo círculo.

Lo que al principio parece un obstáculo, una distracción, una vez que el lector se ha aclimatado a la idiosincrasia propia, a las maneras y atributos singulares de la realidad ficticia —las palabras que brotan a raudales de las bocas irreprimibles de los personajes— torna a ser algo tan necesario e imprescindible como el riguroso ceremonial que en el mundo del *Tirant* rodea al duelo, a la religión, a la matanza y, en verdad, a todas las actividades públicas o colectivas, o como esa inconfundible constitución anímica de los hombres y mujeres de la realidad ficticia, seres delicadísimos, hipersensibles —ciclotímicos o poco menos— que, a la menor contrariedad, mala noticia, disgusto, rompen a llorar a mares, se desmayan y a veces, como les ocurre a ese gigante bravucón que es Kirieleison de Muntalbà y al duque de Andria, se les revienta la hiel y caen muertos.

Vale la pena hacer un paréntesis sobre los llantos y desmayos en el *Tirant lo Blanc,* porque, en ese mundo, además de hablar sin tregua y sin misericordia, los personajes derraman tantas lágrimas y pierden el sentido tan a menudo que, parecería, llorar y desmayarse son, allí, quehaceres esenciales de la vida, funciones indispensables —como el combate y el amor— para que los seres realicen su plena humanidad. Es verdad que nosotros, los lectores, habitantes de esta realidad tan poca cosa comparada con la de ellos, también solemos llorar e, incluso, en ocasiones extremas, desmayarnos. Pero no como ellos, nunca jamás como esas susceptibles criaturas, de lágrima tan fácil que son capaces de llorar, como el rey Escariano, para que el interlocutor no llore solo. No es un caso aislado. Más extraordinario aún es el de la condesa de Varoic, quien, para que su hijo de tres meses comparta su dolor por la partida del conde a Jerusalén «Pres lo petit fill per los cabells e tirà'ls-hi, e ab la mà li donà en la cara dient-li: —Mon fill, plora la dolorosa partida de ton pare, e faràs companyia a la trista de ta mare» (capítulo III). Adviértase también en este episodio cómo, en la realidad ficticia, es la forma la que crea el contenido de los actos y no al revés: el llanto es la única manera de concretar el sentimiento de la tristeza. Ésta no existe sin aquél; los personajes no tienen otro modo de sufrir que a través de esa exhibición física y por eso lloran de todo y por todo y, a menudo, con tremebundos aspavientos y acompañamiento de desmayos.

Veamos algunos ejemplos. Luego de despedirse de la princesa, frescas aún en su memoria las «bodas sordas» celebradas en el castillo de Malveí, el impresionado Tirant se cae del caballo «tot fora de si» (capítulo CLXIII). Unos capítulos después vemos a la princesa que, recordando las tiernas palabras que le dijo su amado, «caigué esmortida en terra» y los emperadores deben llamar a los médicos para que la vuelvan en sí (capítulo CLXXIII). Es bastante comprensible que esta sensible muchacha caiga también desmayada al enterarse, por la boca malevolente de la Viuda Reposada, que Tirant se ha caído del techo y tal vez se haya matado, pero ¿no es notable que su padre, el emperador Federico, al ver a su hija desmayada se desmaye también? (capítulo CCXXXVI). Se diría que, como el llanto del rey Escariano, se trata de un desvanecimiento solidario. Pero, atención, no se piense que sólo la ternura o la aflicción hacen perder el sentido a los hombres y mujeres de este mundo sensitivo. También la dicha los desploma. Así, al enterarse de las buenas nuevas que trae Pirimus sobre las victorias militares de Tirant, el emperador «per sobreabundant alegria, caigué de la cadira e esmorti's» (capítulo CXLI).

Excesivos siempre, los personajes nos dan la impresión de estar permanentemente sobreactuados, como se dice en el lenguaje teatral, y eso, al ser algo que todos practican, constituye la normalidad, la manera natural de comportarse y de ser en la sociedad ficticia. El momento culminante de esta conducta excesiva —donde lo trágico se confunde con lo cómico— es, claro está, la reacción de Carmesina ante la muerte de Tirant. Besa el cadáver «ab tanta força que es rompé lo nas, llançant abundosa sang, que los ulls e la cara tenia plena de sang». Y, por supuesto, «No era negú que la ves lamentar, que no llançàs abundoses llàgremes de dolor» (capítulo CDLXIII). El profesor norteamericano Joseph A. Vaeth afirma, en su libro sobre Tirant,* que, «without making an exhaustive search», encontró que los ojos de los personajes destilan «vives llàgremes» veintiuna veces en la novela. Sin haberme dado el trabajo de verificar la importante estadística, sospecho que hay todavía más llantos que ésos y no menos desmayos. Ellos, al ocurrir con tanta frecuencia, son otro de los componentes del «elemento añadido» gracias al cual el mundo de *Tirant lo Blanc* tiene una configuración única, distinta de la de los otros mundos novelescos que la imaginación literaria creó antes o después de Martorell y distinta también de la de este mundo en el que, agradecidos, celebramos su quinto centenario.

Y esto nos acerca a las procelosas aguas del «realismo» literario. Una de las características más alabadas por los críticos en el *Tirant lo Blanc* ha sido su «realismo», algo que todos coinciden en señalar la singulariza entre las novelas de caballerías que, por lo general, hierven de

---

* Joseph A. Vaeth, *Tirant lo Blanch: A study of its authorship, principal sources and historical setting,* Nueva York, 1918, p. 87.

maravillas, milagros y toda clase de hechos extraordinarios. El primero en subrayar el «realismo» del libro fue su más ilustre lector del Siglo de Oro, Cervantes, quien hace decir al cura, en el *Quijote,* que en esta novela «comen los caballeros, y duermen y mueren en sus camas, y hacen testamento antes de su muerte, con estas cosas de que todos los demás libros deste género carecen» (capítulo 6 de la primera parte). Y es cierto que, con excepción de algunos episodios como la llegada de la reina Morgana a Constantinopla y la aparición de su hermano, el rey Artús, entre los caballeros de la corte de Bizancio, y la historia del caballero Espèrcius y la gentildama convertida en dragón a la que él desencanta, y fuera de uno que otro milagro, en la novela no suceden hechos fantásticos, imposibles de identificar a través de la propia experiencia del lector.

¿La vuelve esto una novela «realista»? Sí, a condición de dejar terminantemente establecido que el «realismo» en literatura no quiere decir igual, ni siquiera parecido a la realidad real, esa realidad en la que vivimos, en la que escribimos y leemos novelas. En una novela, sea fantástica o realista, la realidad siempre se inventa y ella es, siempre, algo esencialmente distinto a la vida vivida, al mundo real. La novela es la vida leída, la vida inventada, la vida reconstruida y rectificada para hacerla más próxima a nuestras ambiciones y a nuestros deseos, la vida rehecha, cambiada y añadida para vivirla más intensa y extensamente de lo que nuestra condición nos permite vivir la vida verdadera. (En 1453 Constantinopla cae en manos de los turcos, hecho que hace el efecto de un rayo en toda la cristiandad. Siete años después, Joanot Martorell comienza a fantasear en tierras de Valencia una novela en la que el héroe no sólo rescatará para la fe católica a la capital bizantina, sino desarraigará a la «secta mahomética» de buena parte del África y del Medio Oriente mediante conversiones y bautizos multitudinarios.) Las novelas logradas siempre rectifican la realidad, de uno o mil modos. Las únicas auténticas novelas «realistas» son las malas novelas, aquellas que carecen de poder de persuasión para convencernos de la realidad de su irrealidad, aquellas a las que la incompetencia del autor no pudo liberar de la servidumbre de lo real, esas que no pasan de ser un documento, un testimonio, un catastro de lo existente.

Las grandes novelas que llamamos realistas, como el *Tirant lo Blanc*, no son menos fantasiosas ni imaginativas —es decir, no menos irreales— que las más audaces fabulaciones del género fantástico. Ellas también son simulación, invento, alquimia, prestidigitación, trampa. Simplemente, aquel que las concibió, empujado por la particular inclinación de sus demonios recónditos o por la cultura de su tiempo, prefirió fingir un mundo que parecía duplicar el verdadero, cuando, en verdad, muy sutilmente lo suplantaba por otro. Para perpetrar esas supercherías con éxito se necesita talento y brujería.

Joanot Martorell los tenía en abundancia. Su genio era tal que, enfrentados a esa formidable maquinaria de seducción que es su novela, lo creemos. Arrullados por esa voz que cuenta, por esas voces que —dentro de la voz original— también cuentan, pontifican, desafían o citan, salimos del mundo real y entramos a un mundo diferente, de gestos inauditos y de risueñas extravagancias, de enfermizos rituales y de formas estrictas, de desenfrenados deseos y terribles violencias, de humor y de aventura, de gracia, color, exaltación, sensiblería, y, por encima de todo, de palabras, de muchas palabras, sabias o vacuas,

tiernas o exaltadas, embriagadoras, trastornadoras, crea-
doras.

Ese mundo no es el nuestro. Tampoco fue el de
Martorell, aunque los parecidos con su época sean aparentemente mayores que con la nuestra. Es un mundo
creado de pies a cabeza por un fabulador excepcional
que, para fabricar esa formidable mentira, se valió de todos los materiales que le ofrecían la cultura, la historia y
las refinadas y bárbaras costumbres de su tiempo. Pero a
ese rico botín él añadió muchos otros elementos que no
estaban allí, antes de que él los volcara en esa memora-
ble ficción. Igual que otras obras maestras, el *Tirant lo
Blanc* fue, al principio, apenas un puñado de manías, obsesiones y disposiciones íntimas de un hombre al que el
mundo en que vivía le resultaba insuficiente. Entonces,
sumando su fantasía y su experiencia, y ayudado por el
diestro manejo de su lengua, lo cambió en otro, impalpable, pero tan sugestivo y poderoso que la ficción de
aquel caballero valenciano pendenciero y enamorado
de las buenas formas del siglo XV, ha sido capaz de sor-
tear sin una arruga los escollos del tiempo.

Ocurrió hace cinco siglos y si el autor de esta proeza
literaria está en alguna parte y nos escucha, como creen
los que creen, digámosle: «Gracias. Estos quinientos
años, con lo duros que puedan haber sido para los hombres, hubieran sido peores sin ese mundo alternativo que
creaste para refugio de tus sueños». Y sin temor a equi-
vocarnos podemos asegurar, golpeando la mesa como
hacen los convencidos absolutos, que sea lo que sea lo
que nos deparen los próximos quinientos, el impetuoso
Tirant estará todavía allí, acogiéndonos, desagraviándo-
nos del aburrimiento y las miserias de la realidad real, y
animándonos con el brillo de sus espadas, la elegancia de

sus pasos de armas, el desenfado y la osadía de sus doncellas, el tumulto de sus batallas, la magnificencia de sus
desfiles y torneos y el incesante rumor de sus lenguas
parleras.

Londres, 14 de diciembre de 1990

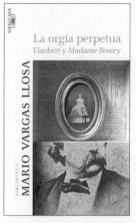

LA ORGÍA PERPETUA
Mario Vargas Llosa

«Hacía años que ninguna novela vampirizaba tan rápidamente mi atención, abolía así el contorno físico y me sumergía tan hondo en su materia.»

MARIO VARGAS LLOSA

En este brillante ensayo, Mario Vargas Llosa analiza una de las novelas que han marcado su carrera como escritor: *Madame Bovary*, de Gustave Flaubert, considerado el fundador de la novela moderna y uno de los maestros indiscutibles de todos los narradores posteriores.

La pesquisa del narrador peruano tantea tres diferentes vías de aproximación al texto flaubertiano: en una primera parte, de tono autobiográfico, Vargas Llosa se retrata a sí mismo como lector enfervorizado y pasional. La segunda parte es un análisis exhaustivo de *Madame Bovary*, cómo es y lo que significa una obra en la que se combinan con pericia la rebeldía, la violencia, el melodrama y el sexo. En la tercera parte se rastrea la relación de la obra de Flaubert con la historia y el desarrollo del género más representativo de la literatura moderna: la novela.

Mario Vargas Llosa resulta tan solvente en su faceta de crítico literario como lo es en su oficio de narrador. Del encuentro de una inteligencia narrativa como la del novelista peruano con la obra más importante de uno de los autores esenciales de la literatura universal nace un ensayo que vale por todo un curso de literatura.

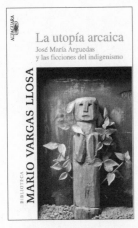

LA UTOPÍA ARCAICA
Mario Vargas Llosa

«Mi interés por Arguedas no se debe sólo a sus libros; también a su caso, privilegiado y patético. Privilegiado porque en un país escindido en dos mundos, dos lenguas, dos culturas, dos tradiciones históricas, a él le fue dado conocer ambas realidades íntimamente, en sus miserias y grandezas. Patético porque el arraigo en esos dos mundos antagónicos hizo de él un desarraigado.»

MARIO VARGAS LLOSA

En *La utopía arcaica,* Mario Vargas Llosa nos acerca a la figura del novelista peruano José María Arguedas, una de las más importantes del movimiento indigenista latinoamericano, un escritor conocido por su compromiso revolucionario.

Antropólogo, universitario e intelectual militante, Arguedas «fue un hombre bueno y un buen escritor, pero hubiera podido serlo más si, por su sensibilidad extrema, su generosidad, su ingenuidad y su confusión ideológica, no hubiera cedido a la presión política del medio académico e intelectual en el que se movía para que, renunciando a su vocación natural hacia la ensoñación, la memoria privada y el lirismo, hiciera literatura social, indigenista y revolucionaria», como afirma el propio Vargas Llosa.

Cruce entre la biografía, la historia y la crítica literaria, *La utopía arcaica* dibuja un fresco del contexto histórico del país, reseña la vida de Arguedas, matiza sus libros y trata de describir la inmolación de un talento literario por razones éticas y políticas.

Alfaguara es un sello editorial del Grupo Santillana

www. alfaguara.com

Argentina
Av. Leandro N. Alem, 720
C 1001 AAP Buenos Aires
Tel. (54 114) 119 50 00
Fax (54 114) 912 74 40

Bolivia
Avda. Arce, 2333
La Paz
Tel. (591 2) 44 11 22
Fax (591 2) 44 22 08

Chile
Dr. Aníbal Ariztía, 1444
Providencia
Santiago de Chile
Tel. (56 2) 384 30 00
Fax (56 2) 384 30 60

Colombia
Calle 80, 10-23
Bogotá
Tel. (57 1) 635 12 00
Fax (57 1) 236 93 82

Costa Rica
La Uruca
Del Edificio de Aviación Civil 200 m al Oeste
San José de Costa Rica
Tel. (506) 220 42 42 y 220 47 70
Fax (506) 220 13 20

Ecuador
Avda. Eloy Alfaro, 33-3470 y Avda. 6 de
Diciembre
Quito
Tel. (593 2) 244 66 56 y 244 21 54
Fax (593 2) 244 87 91

El Salvador
Siemens, 51
Zona Industrial Santa Elena
Antiguo Cuscatlan - La Libertad
Tel. (503) 2 505 89 y 2 289 89 20
Fax (503) 2 278 60 66

España
Torrelaguna, 60
28043 Madrid
Tel. (34 91) 744 90 60
Fax (34 91) 744 92 24

Estados Unidos
2105 N.W. 86th Avenue
Doral, F.L. 33122
Tel. (1 305) 591 95 22 y 591 22 32
Fax (1 305) 591 91 45

Guatemala
7ª Avda. 11-11
Zona 9
Guatemala C.A.
Tel. (502) 24 29 43 00
Fax (502) 24 29 43 43

Honduras
Colonia Tepeyac Contigua a Banco Cuscatlan
Boulevard Juan Pablo, frente al Templo
Adventista 7º Día, Casa 1626
Tegucigalpa
Tel. (504) 239 98 84

México
Avda. Universidad, 767
Colonia del Valle
03100 México D.F.
Tel. (52 5) 554 20 75 30
Fax (52 5) 556 01 10 67

Panamá
Avda. Juan Pablo II, nº 15. Apartado Postal
863199, zona 7. Urbanización Industrial
La Locería - Ciudad de Panamá
Tel. (507) 260 09 45

Paraguay
Avda. Venezuela, 276,
entre Mariscal López y España
Asunción
Tel./fax (595 21) 213 294 y 214 983

Perú
Avda. Primavera 2160
Surco
Lima 33
Tel. (51 1) 313 4000
Fax. (51 1) 313 4001

Puerto Rico
Avda. Roosevelt, 1506
Guaynabo 00968
Puerto Rico
Tel. (1 787) 781 98 00
Fax (1 787) 782 61 49

República Dominicana
Juan Sánchez Ramírez, 9
Gazcue
Santo Domingo R.D.
Tel. (1809) 682 13 82 y 221 08 70
Fax (1809) 689 10 22

Uruguay
Constitución, 1889
11800 Montevideo
Tel. (598 2) 402 73 42 y 402 72 71
Fax (598 2) 401 51 86

Venezuela
Avda. Rómulo Gallegos
Edificio Zulia, 1º - Sector Monte Cristo
Boleita Norte
Caracas
Tel. (58 212) 235 30 33
Fax (58 212) 239 10 51

Este libro se terminó de imprimir
en los Talleres Gráficos de Metrocolor S. A.
Los Gorriones 350, Lima 9, Perú
en el mes de junio de 2008